あなたの姿をもう追う事はありません

メニル
婚約者のカイルのことが大好きで、彼のためにあらゆる努力をしていた。実家は子爵ではあるが大商人という面が強い。実は、とある秘密があり……
アルセス
メニルと同じ学園に通う帝国からの留学生。帝国ではかなり身分の高い貴族の子息らしい。
Character

マトリック
メニルの兄。
ディスター
メニルの父。
ラフィシア
メニルの親友。
マリー
カイルの隣にいつも
寄り添っている女性。
カイル
メニルの婚約者。
昔は彼女に優しく
接していたが、
学園に入学してから
気にかけなくなって
いった。

目次

あなたの姿をもう追う事はありません

プロローグ

わたし——メニル・アゼラン子爵令嬢とカイルとの婚約は、必然の出来事だった。

何故《なぜ》なら、父親同士が幼馴染《おさななじみ》で、互いに子どもができ、その子が異性ならば結婚させようと約束していたのだ。

カイルとわたしにはそれぞれお兄様がいる。お兄様同士は同い年で仲がとても良く、父親の領地が隣合っているわたしたちはよく四人で遊んだ。

わたしは男の子特有のやんちゃな遊びに馴染《なじ》めず、一人になることが多かった。そんな時、年の近いカイルだけが、わたしのそばにいてくれた。

そんなカイルに恋心を抱いたのは自然なことだろう。

両親は仲良く遊ぶカイルとわたしを見て、婚約を結んだ。

カイルは伯爵家の次男なので、家を継ぐことはない。カイルが婿《むこ》に入れば、わたしの家が行っている事業の一つ——輸出入に関わる商売を与える約束になった。

カイルが十一歳、わたしが九歳の時だ。

わたしはそれが嬉しかった。

そしていつも、カイルの背中を追った。

前を行くカイル。

だけど、お兄様たちとの追いかけっこの時には、立ち止まって振り返り、わたしが追いつくのを待ってくれる。

だから、わたしは彼の姿を追ったのだ。

それは、物理的なことだけではない。

わたしはカイルに見合う女性になるために努力した。

マナーも勉強も一生懸命に身につけた。

カイルが頑張っているから、わたしも頑張ったのだ。

カイルはそんなわたしを見て微笑《ほほえ》んでくれる。

勉強で間違えた時は、教えてくれた。

拙《つたな》いダンスの練習相手もしてくれた。

優しい二歳年上のお兄さん。

いつも格好良くて、胸がドキドキした。

カイルが宝物をくれる。

手紙や野の花、珍しい柄の綺麗な紙。年齢を重ねるに従い、それらは庭に咲く一輪の薔薇《ばら》になり、リボンになり、可愛い小物になった。

一つ一つが大切な思い出となる。

大人になっていくカイルに対し、自分の子どもらしさが恥ずかしくなったこともあった。

そんなわたしにカイルは「急がなくていいんだよ」と言って、頭を撫《な》でてくれた。

けれど、ほっぺをぷよぷよとつつかれることも多い。

それをされると、気恥ずかしくなる。

なのにお母様に相談しても、「あらあら、女の子ね」と、笑われるだけ。お父様にいたっては、

「女の子の親は嫌だ」と泣き出した。お兄様も「まだ、やらん」と愚痴《ぐち》を言っている。

二人の態度にお母様は笑いっぱなしだ。

「しっかり勉強しないといけないわね」

そんなふうに、小さなわたしはカイルのために多くのことを学びながら過ごしていた。

第一章

わたしが十三歳の時、カイルは十五歳になり、王都にある王立学園に入った。

王立学園は貴族が全員入る、学びの場。学力さえあれば、平民も入学できる。

カイルは将来、わたしの家の商売を引き継ぐため、経済科に入ることになった。

同時にお父様から、王都にある小さな雑貨店の経営を任される。

将来のために――

そのせいか嬉々としているカイルに対して、わたしは泣いてしまった。

お兄様が学園に行く時は悲しくなどなかったのに、カイルとしばらく会えないと思うと寂しくて堪《たま》らない。

「メニー、そんなに泣くと目が溶け出しちゃうよ」

カイルはわたしをメニルの愛称であるメニーと呼んで、ボロボロと涙を流しているのを慰《なぐさ》めてくれた。彼の持っていたハンカチが絞れるくらい濡れている。

「いっぱい手紙を出すから。いっぱい友達を作って、メニーが入学する時は、みんなで出迎えてあげるよ」

彼は笑って、そう言った。

「ほんとう?」

「うん、本当。約束するよ」

彼は小指を差し出す。長いスラリとした指に、短く彼の倍はあるわたしの太い小指を絡ませる。

「指切りげんまん。嘘ついたら、ほっぺをつ～ねろ」

そんな彼の言葉を聞いて、わたしはプフッと噴き出した。

わたしのほっぺを見ながら言うなんて、酷《ひど》い。

「やっと笑った。メニー、休みには帰ってくるから。手紙も書くね」

そんなふうに、カイルは王都に行ったのだ。


わたしは、カイルがいなくなった寂しさを紛《まぎ》らわすように、経営の勉強をした。

ちょうど良い機会だと、お父様から小さな衣装店を一つ任されることになったのだ。

扱う商品から経営方針まで、すべて自由にしていいと言われる。

わたしは店に幾度も通って、真剣に経営に携《たずさ》わった。

だから、教養として学んでいた音楽や刺繍《ししゅう》はやめたかったのだが、お母様からいずれ役に立つから今はダメと言われてしまう。

やらなくてはいけないことが多すぎて処理が追いつかず、わたしはお母様によく泣きついた。

「自分の考えに固執しちゃダメよ。ちゃんと周りを見て、人の話を聞いて、そして考えなさい」

お母様はいつもそう言ってくれた。

カイルと結婚した時に役に立つように、わたしは必死になって学ぶ。

彼から届く半月に一度の手紙が、頑張る力になった。

手紙には王都で流行《はや》っているものや人気の場所が書いてある。どんな友達ができて、どんなことをしたのか、面白いこと、楽しいことも綴《つづ》られていた。

そして文末には決まって『メニーに会いたい』『好きだよ』と記《しる》されている。

わたしも会いたい。

カイルに触れたい。

その思いで、忙しい時間の合間に返事を出す。

早く休みになりますように、早く時間が進みますように、と思いながら毎日を過ごした。


半年後。

夏休みに入ったカイルが隣の領地に帰ってきた。

すぐに沢山《たくさん》のプレゼントと土産話《みやげばなし》を持って、会いに来てくれる。

彼は背がグッと伸びて、筋肉もついていた。数ケ月会わなかっただけで『男の人』になっているカイルに、わたしは驚く。

ドキドキしっぱなしで、顔がまともに見られない。

それでも、いっぱい話をした。

この時ばかりは、お母様が習い事と勉強の時間を減らしてくれたのだ。

わたしが伯爵家を訪ねたり、わたしの家の庭でお茶会をしたりした。

カイルはわたしの誕生日を祝って、王都で人気だというネックレスをくれる。

小さなイミテーションの青い石が入った、花の形をした綺麗なネックレス。

「学生の身だから、まだこんなものしか渡せないけど……」と、笑いながら言った。

嬉しい。わたしのために選んでくれたんだ。

カイルの気持ちがわたしの胸元をキラキラと飾る。

毎日があっという間だ。

すぐに休みは終わり、カイルは王都に帰った。

名残惜《なごりお》しそうに。それでいて、楽しそうに。

わたしも学園に通うようになれば、同じようになるのかな？

しばらくして、カイルから『忙しくなるからあまり手紙を送れなくなる』と書かれた手紙が来た。

以来、手紙の頻度が半月に一度から一ヶ月に一度に変わった。

内容は、友達のことが多くなる。

お父様に、「男の子は同性の友人との付き合いも大切だから。許してやりなさい」と言われた。

女の子には分からないこと。

疎外感が生まれる。

するとお母様がちらりとお父様を見て苦笑した。

わたしは仕方ないと思いながら、手紙を書く。

カイルから来なくても、わたしが出してはいけないとは言われていないから。

季節のこと、今日あったこと、変わったこと。カイルに知らせたいことはなんでも書いた。

そうやってカイルが冬休みに帰ってくるのを待っていたが、友人の領地に行くから戻らないという手紙が届く。

残念で寂しかった。

代わりにお兄様が帰ってくる。

お兄様は学園を卒業し、王宮で経理の仕事をしているのだ。お父様が子爵を引退するまで、王宮に務めるらしい。

今の仕事が楽しいようで、お父様が何も言わないのを良いことに自由にしているみたいだ。

早く婚約者を作らなければならないのに、仕事が忙しくて相手をなかなか見つけられないとぼやいている。

お父様が見合いをセッティングしようと躍起《やっき》になっているが、お兄様はのらりくらりとかわしていた。

そんなお兄様は、珍しいお菓子と綺麗な小物をお土産《みやげ》にくれる。

そして、カイルの話を教えてくれた。

なんでも、同級生が学園の教師をしていて情報が入るのだそうだ。

個人情報の扱いはどうなっているのかしら?

そう思ったものの、正直を言えば、カイルの話が聞けるのは嬉しい。

残念なことにカイルに任されたお店の売上はイマイチだという。

慣れない経営に四苦八苦しているようだ。

彼は友人との付き合いを優先していてお店にはなかなか顔を出さず、店員さんとも良好な関係が結べていないようだ、とお兄様は言った。

学生のうちはままあることだと、何故《なぜ》かお父様がお兄様に弁明する。今はそれでも構わない、と。

信頼のおける支配人さんが密《ひそ》かに店を切り盛りしているので、お父様はカイルの行動を黙認すると決めたみたいだった。


カイルが王都に行って二年目に入った。

その頃から、手紙がパタリと来なくなる。

何度手紙を送っても、返事が来ない。

カイルのご両親――おばさまに聞いても、実家にも連絡がないようだ。

ただ時折、お金の無心だけはあるらしい。

病気ではないみたいで良かったと思うべきだろうか。

どうにもできない、もやもやとした気持ちばかりが募《つの》る。

カイルが恋しく、会えないことが寂しかった。

わたしは夏休み前に手紙を出す。

「いつ帰ってきますか?」と。

けれど、待てども待てども、返事は来ない。

また手紙を送った。

「カイルに会いたい。待っています」と。

やはり、返事が来ることはない。

仕方なく、わたしはいつも行っているとある避暑地で夏を過ごすことにした。

そこから帰ってくると、メイドから手紙を渡される。

それを見て、胸がキュンとなった。

カイルの字だ。

懐かしい、右上がり気味の癖《くせ》のある字。

急いで封を切ると、わたしに会えなくて残念、と書かれているだけ。

詳しく聞くと、わたしが出かけた翌日にカイルがうちの領地に来たという。

滞在は一日。すぐに王都に帰ったそうだ。

前もって連絡をしてくれたら、一日くらい都合をつけたのに……

二日後に迫る、わたしの誕生日に対するお祝いの言葉もプレゼントもなかった。がっかりだ。

涙が出てきた。

わたしに会いたくなかったのかしら……と、不安になる。

お母様がわたしを抱きしめて慰《なぐさ》めてくれた。

「まったく、男どもは。もっと気を遣えないのかしら」と、ぷんぷんしながら文句を言う。

お茶を用意してくれた侍女長も「本当ですわ！」と賛同してくれた。

入り口を通りかかった、侍女長の夫――執事が足速に去っていくのが見える。わたしは思わず笑ってしまった。

勉強や習い事、お店のことで忙しくしている間に、冬になる。

あれから、カイルからの手紙は一度も来なかった。

夏に会えなかったことへの謝りの手紙を送っても返信がない。

この冬、領地に帰ってくるのかすら分からなかった。

代わりというわけではないが、お兄様が帰ってきた。去年と同様、沢山《たくさん》のお土産《みやげ》を携《たずさ》えて。

お菓子は勿論《もちろん》のこと、来年に迫った学園入学のお祝いもくれた。

王都で流行《はや》りの髪飾りと、ネックレスに、イヤリング。そして、学園で使うようにと万年筆も。

キラキラとピンクに輝く万年筆は可愛い。

「お兄様、ありがとうございます」

わたしはお兄様に抱きつく。お兄様もしっかり抱きしめ返してくれた。

「僕のメニル。もう学園に入学する年齢になったか。大きくなったな」

「おじさんみたいよ」

そんな会話をしつつ笑い合う。

でも次の瞬間、お兄様は真剣な眼差《まなざ》しになった。

「メニル。お前に言わなければならないことがあるんだ」

「なんですの？」

急に改まってどうしたのかしら？

「カイルのことだ」

わたしは静かに頷《うなず》く。

「あいつ、他の女性と付き合っている」

まさか——

一瞬、息ができなくなった。

◇　◇　◇

北風がやんで南風に変わると、花が咲き乱れる季節になった。

わたしは今、王都にいる。

これからは王都にあるお屋敷でお兄様と暮らす。ここから、学園に通うのだ。

わたしは領地から侍女のハルナとメイドのリリンを連れてきていた。

信頼のおけるハルナと、気の置けないリリン。二人がいれば、怖いものなしだ。

お兄様から聞かされた、カイルの話は信じていない。

絶対に嘘だ。

婚約者《わたし》がいるのだ。カイルがわたし以外の女性《ひと》と付き合っているわけがない。

あの日、自分の目で見なければ信じられないとつっぱねたわたしに、お兄様は何も言わなかった。

「――お嬢様。大丈夫ですか？」

ハルナがわたしの髪を梳《す》きながら、聞く。

元気がないのが丸分かりなのだろう。

笑って「大丈夫よ」と言いたいのに、不安に押しつぶされて上手《うま》くできない。

「明日から学園です。早く寝て備《そな》えましょう。カイル様に美しくなったお嬢様を見せつけなければ」

見せつけるって……

一年でそんなに、変わった気はしない。少し痩《や》せたくらいだ。

癖《くせ》のある茶金色の髪に緑の目は、よく猫に喩《たと》えれられる。そんな様子なのに変わりはない。

「お嬢様はお綺麗になりました。カイル様のために自分を磨いてきたではないですか。自信を持ってください」

そうだった。頑張ってきたのだ。カイルのために。

「そうと決まれば、さぁ、お休みください」

わたしはハルナの言葉に従う。

カイルに会えると思うと、不安より楽しみが勝ち、なかなか眠れなかった。


次の朝。

わたしは制服に着替えた。

紺色《こんいろ》の上着にスカート。上着の裾《すそ》と袖には金の刺繍《ししゅう》が施《ほどこ》されている。

胸元には学園のエンブレムがつけられていた。格好良い天秤と獅子《しし》のマーク。

『公平』『自由』『勇気』を象《かたど》っていると、お兄様が言っていたっけ。

「見違えたな」

食堂に行くと、既《すで》に席に着いていたお兄様が、ニヤニヤしながら言う。

お兄様は王宮の文官が着る制服を身につけていて、凛々《りり》しく見えた。

お兄様こそ別人みたい。

いつものダークブラウンのボサボサ頭がきちんとセットされているし、服も似合っていて、格好良い。

いつも、こんなふうだったら、自慢できるのに。

食事が終わりになった頃、お兄様が思い出したかのように言った。

「気をつけて行っておいで。何かあれば、友人……ブロークって奴に声を掛けるんだ。僕の名前を出せば、すぐにでも味方になってくれるから」

お兄様の名前を出せば？

「弱みでも掴んでいるのですか？」

「メニル。人をなんだと思ってるんだ。普通の友人だよ」

にっこりと笑うお兄様。

怪しい。お兄様のことだから、何かありそうなんだけど……

それを口にすれば頬っぺたをつねられそうなので、やめる。

「おっ⁉　やっと、余計な言葉は身を滅ぼすと分かったんだな？」

「もう！　お兄様」

「ほら、早くしないと、入学式に遅れるぞ」

時計を見ると、出発の時間が差し迫っていた。

「いってきます。お兄様も気をつけて行ってきてくださいね」

「おう、ありがとうな」

目を細めて笑うお兄様に見送られ、わたしは急いで部屋に戻って鞄《かばん》を持ち、屋敷を出た。


我が家の馬車に乗って十五分。

わたしは厳《いか》つい門の前で馬車を降りる。

――王立学園。

今日から、ここの生徒になるのだと思うと感無量だ。

わたしは周囲を見回した。

新入生を案内する者の中にカイルがいないだろうか。

婚約者や兄妹などが園内を案内するのが一般的なのだ。

今日、わたしが入学すると、カイルに手紙を送っている。返事はなかったけど、きっといるはず。

待っていてくれているはず……

だけど、どこにもいない。

仕方なくわたしは係に案内されて入学式会場へ移動した。

暗くなってはダメ。

そう思いながら、指定された席に着く。諦《あきら》め悪く、キョロキョロとカイルがいないか辺りを見回した。

やはりいない。

そうよね。ここにいるのは、新入生だけ。最高学年のカイルがいるわけがない。

一人で苦笑していると、なんとカイルが会場の奥の壇に上がった。マイクの用意をしている。その腕には銀の腕章をしていた。

カイル⁉

確かあの銀の腕章は生徒会役員の印だ、とお兄様が言っていた。

カイルは生徒会に入っていたの？

知らなかった。

すごいじゃない。なんで教えてくれなかったの？

しばらくして、カイルの隣に銀髪の女性がいるのに気がつく。二人は楽しそうに会話をしている。

どこからか、ヒソヒソ声が聞こえてきた。

「あれが噂の？」

「そうよ。今、学園内ベストカップルのお二人らしいわよ」

「カイル・ローゼン伯爵子息様とマリー・エルファ伯爵令嬢様よね？」

「カイル様はマリー様のために騎士科の二年に転籍されたそうよ」

「恋人のために？　わざわざ？」

「マリー様の家系は代々騎士なんですって。強くないと認められないとか」

「愛よね〜」

「生徒会の副会長と書記ですって？」

「お似合いね」

「カイル様には婚約者がいるらしいんだけど、醜悪《しゅうあく》な方みたいで婚約解消を嫌がっているそうよ」

「まあ。まるで物語の中の『悪役令嬢』ね。カイル様がお可哀想だわ」

「早く婚約を解消されればいいのに」

「お二人とも第二王子殿下とも交友が深いらしいわ」

「王子殿下もお二人の仲をお認めになっているとか？」

「じゃあ、いずれ王子殿下のお力で解消になるの？」

「それもあるかもね」

何を話しているのだろうか？　噂のベストカップル？

わたしは婚約解消の話など聞いていていない。

お兄様が言っていたことは本当だった!?

それに、カイルは騎士科に転籍したの？

わたしはスカートをぎゅっと握り締める。皺《しわ》になるのも気にならなかった。

「あなた、顔色が悪いけど大丈夫？」

隣に座っていた、黒髪の女の子に尋ねられる。

笑え、笑うのよ。何事もなかったように。

「大丈夫。緊張で朝ご飯が食べられなかったから、そのせいかな？」

「そう？　ならいいけど。あまり無理しないでね」

その優しい言葉に救われた。


新入生代表の挨拶《あいさつ》は、侯爵家の男子が行った。

入学試験の首席だったわたしが打診されていたのだが、子爵家の者が代表では示しがつかないからと辞退したのだ。

あまり目立ちたくなかったので、これで良かった。

在校生挨拶《あいさつ》は第二王子殿下がなさる。

爽《さわ》やかなイケメンだ。

周りがうっとりと王子殿下を見ている間、わたしはカイルを見ていた。

まだ銀髪の女性と何やら話をしている。

いい笑顔。

わたしだけが独占していたはずの笑顔。

わたしだけに向けられていた眼差《まなざ》し。

わたしだけを見ていた青い瞳。

胸がキリキリと痛む。心から血が出ているのではないかと思うほどだった。


結局、その日はカイルに会いに行かなかった。

会って何を言えば良いのか分からなかったのだ。

あの二人の噂はどこにいても聞こえてきて、一年生の教室でも話題に上がりっぱなしだった。

ここで騒げば、それこそ迷惑で非常識な女でしかない。

わたしは何事もなかったように初日のオリエンテーションを終え、早足で校門に向かった。

馬車に揺られる間、窓から景色を眺める。

車中だというのに、周囲の音がやけに騒がしく感じた。

そうして屋敷に着くと、入り口で座り込んでしまう。

「お嬢様?」

ハルナとリリンが慌《あわ》てて駆け寄ってくる。その顔を見て、ずっと張り詰《つ》めていた糸が切れ、涙が出てきた。

「カイル……」

名前を呼ぶ。

答えてくれる声はない。

カイルはもう、わたしの名前を呼んでくれないの？　わたしを見てくれないの？　わたしに笑いかけてくれないの？

全部、あの銀の髪の女性に取られたのだ。

どうすれば良いのだろう？

ハルナに強引に立たされ、リリンに引っ張られるようにして、わたしは部屋に入る。

泣いているのにも構わず、彼女たちはわたしの服を着替えさせた。

「どうぞ、好きなだけ泣いてください。落ち着きましたら、机の上にある書類の処理をお願いします」

ハルナ、酷《ひど》い。泣いているわたしに仕事をしろなんて。どうして泣いているのか、聞いてくれてもいいのに……

落ち着いたと思っても、まだ涙が出てくる。

でも仕事をしないと。

リリンが用意してくれたタオルで幾度も涙を拭きながら、わたしは書類に目を通す。鼻水や涙の跡がつかないようにと、気をつけながら。

王都に出店する予定の店の資料だ。

立地条件。その土地の価格。店の家賃……。王都の土地代は高い。でも、借りるより、買ったほうが良さそうだ。元手は今までの利益がある。

仕事に意識を向けるが、どうしても彼のことを思い出した。

カイル……

騎士科？

どうして？

お父様から任された店は……

書類にサインする手が止まる。わたしはお茶の準備をしていたハルナを見た。

「どうかされましたか？」

「ハルナ、ヒクッ、カイルが任された、ヒッ、お店はどうなってるか、ヒクッ、知ってる？」

「さぁ？　知りませんが」

「今すぐ、ヒック、調べて。支配人に、ヒクッ、会いたいわ。できればカイルに知られずに」

さっきまでの涙が嘘のように止まる。それを見て、ハルナはにんまりと笑った。

「いつものお嬢様に戻られましたね」

「ハルナ！」

「分かりました。すぐに調べます。明日にでも店の様子見を兼ねて支配人に会います」

「お願いね」

店の放置は経営者として最悪だ。

少し気が紛《まぎ》れたので、わたしはこのまま仕事に没頭することに決める。

そうして、お兄様が鬼のような表情で部屋に入ってくるまで、しっかりと仕事ができたのだった。

食事が終わった後、談話室でお兄様に今日あったことを話す。話が進むにつれ、お兄様の眉間《みけん》の皺《しわ》が徐々に深くなっていった。

「そうか……」

「ごめんなさい。折角《せっかく》、お兄様が教えてくださっていたのに、信じなくて」

「いや、お前の立場なら当たり前だろ。噂を信じろって言われても、すぐに信じられるわけがない。それより、騎士科に編入とは。おじさんたち知ってんのか……？」

「一年余分に学園に行くことになるから、知ってると思うけれど……」

「どうだか……。ヘルに聞いてみるよ」

ヘル――カイルのお兄様に、聞くの？

「それより、メニル。これからは、カイルの名前に敬称をつけるようにしろ」

「えっ？　どうして？」

「勝手に『悪役令嬢』にされてるようだし、下手に周りを刺激すれば、虐《いじ》められるかもしれない。今は傍観者に徹するんだ。カイルには近づくな」

「分かりました……」

名前も呼びすてできないなんて、婚約者の意味はあるのだろうか……

わたしが入学したことを、カイルは知ってるよね？

「メニル？」

「お兄様。カイル……カイル様はわたしのこと、気づいてくれてますよね？」

不安なのが分かったのか、お兄様はわたしを抱きしめてくれた。

もう、幼い子どもじゃないのに……。

「僕が代わりに怒るから、メニルは奴のことは気にしなくていい。ただ、最悪の事態は想定しておくんだよ。どうしてこうなったのかは僕たちが調べる。メニルは動くな、今は仕事を優先しろ。成績優秀者には生徒会への勧誘が来るだろうが、それも仕事と家の爵位を理由に辞退するんだ。いいな」

「うん」

お兄様の温かな胸の中で、わたしは頷《うなず》く。

大丈夫。お兄様がいる。

ハルナも、リリンもいる。

わたしには味方になってくれる人たちがいる。

だから、大丈夫。何があっても、立っていられるわ。

◇　◇　◇

次の日の昼休み。

わたしは中庭の隅《すみ》で、生徒会長である第二王子殿下から生徒会入りの打診を受けた。

もしカイル様が部屋にいたらどうしようと思ったものの、彼につれられてきた生徒会室には誰もいない。王子殿下の付き添いと三人きりだ。ほっとする。

「申し訳ありませんが、辞退させていただきます」

「理由を聞いてもいいかい？」

勧誘を断ったのが気に食わないのか、第二王子殿下がきつい口調になる。

「一つは身分です。わたしは子爵家、商家の娘です。わたし如《ごと》きが名誉ある生徒会に所属するより、公爵家の方など、将来、王子殿下の支えになる人が選ばれるほうが殿下にとって有益だと思います。生徒会は小さな国家。わたしは国家を支える商家で十分でございます」

わたしの答えを聞いた王子殿下は、まんざらでもない顔をした。

「もう一つは、わたしが既《すで》に父から店を任されている身であることです。そちらに手を取られますので、生徒会に入りますと、どっちつかずになると思います。皆様のご迷惑になるのは目に見えております。それが、辞退の理由です」

「……そうか、それでは仕方ないな」

王子殿下は納得してくださる。その顔は嬉しそうだ。

もともと子爵令嬢の生徒会入りを快く思っていなかったに違いない。

わたしは丁寧《ていねい》に頭を下げて生徒会室を出た。

普通科の教室に帰ると、ラフィシアが隣に来た。

入学式で声を掛けてくれた、あの子だ。

同じクラスだった彼女とはすぐに友達になった。

「生徒会への勧誘？」

「うん」

「受けたの？」

「辞退したよ」

耳をこちらに向けていたクラスメイトたちがザワザワと声を上げる。

「名誉なことなのに？」

「名誉でも、子爵の娘にとっては身に余るよ。わたしより活躍するべき人たちが幾らでもいるでしょう？」

「嫌味？」

「なんで？」

「自分ができることを他に譲るという行為は、嫌味だと捉《とら》えられかねないわ」

「そうかしら。でも、わたしは生徒会の役員みたいに上から指示を出すことより、地を這《は》って仕事をするほうが好きなの。商家の娘らしいでしょう」

「そう、ね。メニルはそっち向きよね」

二人でふふっと笑い合う。

その時、視界の隅《すみ》に廊下を通るカイル様が入る。思わずそちらを見ると、マリー様と腕を組んでいた。

「今日も仲がよろしいわね」

ラフィシアの声には、皮肉がこもっている。

彼女は他の子と違い、カイル様たちの態度に嫌悪感を抱いているように見えた。

「婚約者が醜悪《しゅうあく》だからって、浮気には違いないわよね」

その言葉に、どう答えればいいのか……

「お似合い……」

そう口に出したことで胸が苦しくなる。

彼の顔を見たくないのに、つい見てしまう。姿を追いかけてしまう。

「お二人は学年一の美男美女だわ」

そう言って、きゃーきゃーと騒ぐ同級生たち。

なんで、そこまで騒ぐのか理解できない。二人が綺麗だから？　そんなに見た目が大事なのだろうか……

むなしさを感じる私を追いて、周囲は盛り上がっている。

「噂の悪役令嬢が、マリー様に花瓶を投げたんですって」

「ローゼン様が庇《かば》って事《こと》なきを得たそうよ」

花瓶？

投げてなどいない。

花瓶が勿体《もったい》ないわ。

「怒りのあまりマリー様を平手打ちしたらしいわよ」

「お可哀想!!」

マリー様とは会ったことがないのにどうやって叩《たた》くのかしら？　わたしの手は体から離れるの？

「格好良いよな、ローゼン様。悪役令嬢から恋人を護《まも》る騎士か。俺もそんな相手を見つけたい」

マリー様がカイル様の恋人。では、わたしは何？

みんなが言う、悪役令嬢なの？

「メニル？」

「どうして、会ったことも見たこともない人を、こうも悪く言えるのかしら？」

「あら、メニルは悪役令嬢推《お》し？」

「そういうわけではないけど、誰も見たことないのに、よく知ってると思って……」

「娯楽なんでしょう」

「ラフィはこの話を信じてるの？」

「ネタとしては面白いけど、わたしは信じていないわ。メニルと同じ。悪役令嬢を見たことないもの」

ラフィシアは艶《あで》やかな口の端を持ち上げて笑う。

良かった。

『信じない』――この言葉を聞くことができて。

たったそれだけの言葉に、わたしはほっとする。

それから、カイル様の姿が見えなくなるまでじっとそちらに視線を向けていた。

カイル様がちらりとわたしを見た気がした。けれど、すぐにマリー様に向き直っている。

わたしの噂を否定してくれないカイル様。

それがどうしてなのか、考えるのはやめる。

「メニル?」

「なんでもない」

わたしは笑ってラフィシアに答えた。


あれからも、カイル様はマリー様と一緒だった。

昼時は二人で食事。休み時間は二人で語り合っている。

その姿はまるで美術館に飾られている絵のようだ。

学園の行き帰りも二人。いつも、一緒だった。

カイル様を見ているうちに、わたしはマリー様にも詳しくなっていく。

マリー・エルファ伯爵令嬢。

わたしの一歳上の二年生。

ご兄弟は、二歳上のお兄様がいらっしゃる。彼は近衛《このえ》騎士団の副団長だとか。お父上も王都警備騎士団の団長だ。

騎士の家系というのは本当だった。

お母上も、王妃様の警護に就くほどの実力の持ち主という。

その中でマリー様だけが運動音痴らしい。

だから、カイル様は騎士になろうとしているのか？　彼女を護《まも》る騎士《ナイト》に。

お兄様が調べたところによると、おじさまもおばさまも、カイル様が騎士科に転籍したことを知らないそうだ。

遊びすぎて進級できなかっただけだと、手紙で説明されていたという。

まさか？　騎士科に編入するのを、そんな理由をつけて隠すなんておかしい。

後ろめたいのがバレバレじゃない？

それに、隠し通せると思ってるの？

お兄様もため息をついていた。

このことは、お父様の耳にも入っているに違いない。さすがのお父様も怒っているだろう。お父様を怒らすなんて、よほどの度胸の持ち主だ。

わたしは、次にお父様に会った時のカイル様が心配になった。


「――メニル。あなた、いつもローゼン様を見てるわね」

ある日。ラフィシアにそう言われた。

わたしはカイル様から視線を逸《そ》らし、振り返る。

「そ、そお？」

「見てるわよ。ずっと。恋焦《こいこ》がれてる顔で」

どきりとする。

「恋焦《こいこ》がれ……」

「自覚なかった？　無理なんだから諦《あきら》めないと」

無理……無理なのか……

「例の悪役令嬢みたいにならないでよ」

「そうね……」

「そういえば、最新の悪役令嬢の話を知ってる？」

「……どんな？」

聞きたくないけど、知らなくてはいけない。

「マリー様を噴水に落としたんですって。びしょびしょに濡れたマリー様を見た人が何人もいるらしいから、今回は嘘じゃないのかもね」

知らない。

わたしはまだ学園の中の噴水の場所なんて把握《はあく》していない。

これまでの行動範囲は教室、食堂、図書館くらい。誰かの目が必ずある所にしか行ったことがなかった。お兄様に言われて、気をつけているのだ。

キリキリと胸の下辺りが痛む。

「顔色悪いよ」

「大丈夫。心配、しないで」

「メニル。わたしには話せないことでもあるの？　わたしたち友達よね」

友達？

友達だと思っていい？　わたしがカイル様の婚約者だと言っていいの？

打ち明けたい。

でも、知られたらどうなるのだろう？　軽蔑《けいべつ》されるかもしれない。

「もう、少し待ってて……」

「もう少し？」

「覚悟を決めさせて……」

わたしは胸に手をやる。

「覚悟がいることなの？」

そしてラフィシアに頷《うなず》く。

「分かった。覚悟が決まったら、教えて。でも、わたし気が短いからそんなに待てないわよ」

彼女はわたしの頭を抱きしめる。

「メニルは成績は良いのに馬鹿よね。自分を抑え込みすぎだわ。もっと楽に生きれば良いのに……」

その言葉に、わたしは泣きたくなった。

◇　◇　◇

次の日。

カイル様にお任せしている店の支配人が屋敷に来た。

片眼鏡《モノクル》を掛けたおじさまで、グレイダスさんという名前だ。

疲れているのか、少しくたびれた雰囲気なのが、もてそうな容姿に対して勿体《もったい》ない。

わたしは彼からこの二年間あまりの帳簿を見せてもらう。

自転車操業なのが明らかだ。

初めの一年ほどはカイル様の悪戦苦闘が見えたが、二年目からは酷《ひど》い。カイル様が手を出した時とそうでない時の差が大きすぎた。

三年目は……もうぐだぐだだ。

何がしたかったの？　よくもまあ、ここまで適当な運営をしたものだ。

グレイダスさんが頑張っているのを、カイル様が横から邪魔をしている。カイル様の立場を慮《おもんぱか》っているのか、グレイダスさんが力を発揮しきれていなかった。

更にまずいことに、半年近く前から帳簿の数字が合っていない。

理由を聞くと、カイル様が横領《おうりょう》しているのだと言われた。

その上、しばらく前からマリー様が経営に口を出しているらしい。

詳しく事情を確認していくわたしに、グレイダスさんが重い口を開いた。

「カイル様は、自分が店を任されているのだから何をしても良いだろうとおっしゃられて。最近では自分がオーナーになるのだから当然だと、お店の利益を勝手に持っていく始末です」

あの店のオーナーはお父様だ。

カイル様が店を任されているのは、一時的なこと。将来、わたしと結婚して他の店を経営する時のための予行演習である。

まだカイル様のものではないのだ。ましてや、赤の他人のマリー様に口を出す権利はない。

後ろで聞いていたハルナも開いた口が塞《ふさ》がらないようだ。

現に、埃《ほこり》が入りそうなほど口をぽっかりと開けたまぬけ顔になっている。

リリンは紅茶をこぼし、床に水溜りを作っていた。

早く拭いて。絨毯《じゅうたん》にシミができるわ。

わたしはため息をつく。深く。重く。

「グレイダスさん。父には事後承諾になりますが、今後は、わたしが店長を務めます。この帳簿の感じだと、従業員さんの給料も払えていないのではありませんか？」

「実のところは……」

グレイダスさんが申し訳なさそうな顔になる。

逆に、こちらが申し訳ない。

ずっと放置していた、わたしたちが悪いのだ。いや、この場合はお父様ね。ただ、少しも気にかけていないなんて、お父様らしくない。

「補填《ほてん》はわたしの個人資産から出します。経営に関してはグレイダスさんの思うようにしてくださって構いません。ただし、計画表は見せてください」

「よろしいのですか？」

「はい。あなたのことを父は信用しておりますので、わたしもあなたを信用します。ですが、計画は把握《はあく》しておきたいのです。思うようにとは言いましたが、わたしも意見を出しますから、率直なアドバイスをお願いします」

グレイダスさんは一瞬目を輝かせたものの、気まずそうに聞いてきた。

「あの方々はどうすれば？」

赤の他人に用はないから捨て置こう。

「カイル様とマリー様の言うことは、右から左に聞き流してください。今後、金銭の要求があれば細かくメモを残しておいていただけますか？　これまでのことも分かるようなら同様にお願いします。わたしは彼らと顔を合わせたくないので、このハルナに連絡役を頼みます。時々、ここで会って話しましょう」

ハルナが黙礼する。

「はい」

グレイダスさんの顔が晴れ晴れとしたものに変わった。

「ちなみに、このお金の使い道はご存じ？」

「はい。カイル様は婚約者――お嬢様へのプレゼント代だと言っておりました。それで、強く言えなかったのです……」

プレゼント？

わたしは貰《もら》っていない。

このところ手紙すら来ないのだ。

つい、自嘲《じちょう》するように薄笑いしてしまう。

同時にキリキリと胸が痛んだ。

ハルナに薬を貰《もら》わないと。

グレイダスさんはそんなわたしを見てお金の使い道を悟ったのか、肩を震わせて真っ青な顔になった。

騎士科と普通科、経済科共通の玄関が見える場所で、わたしはカイル様が登校するのを眺めていた。

今日のカイル様は少し髪が跳ねている。

登校時間がギリギリなので、寝坊をしたのかもしれない。ネクタイの結び目も乱雑だ。

一緒に登校してきたマリー様も髪が整っていない。手櫛《てぐし》でまとめたような歪《いびつ》な形になっている。

まさか……

いえ、きっと寝坊に違いない……

カイル様にはご友人が多く、沢山《たくさん》の方から声を掛けられていた。楽しそうに話している。

わたしの友達はラフィシアだけ。

それで構わないけれど。

不意にカイル様が目を細め、隣に立つマリー様を愛《いと》おしそうに見た。口元が緩《ゆる》んでいる。

何を話しているんだろう？

耳元で何かを囁《ささや》かれ、マリー様が顔を真っ赤にした。そして、うっとりとした表情をカイル様に向ける。

わたしがいるべき場所に、マリー様がいる。

二人の不貞《ふてい》の証拠を揃えていると、お兄様は言っていた。

もうじき、婚約を解消……いいえ、破棄になるだろう。

ケジメをつけなくてはいけない。

なのに、心のどこかに、カイル様を信じたいという気持ちがまだ残っていた。

キリキリと唸《うな》る、わたしの胸。

最近は食事が喉を通らなくて、ハルナに怒られている。

ちょっと前のわたしとは大違い。食事の量が減っても大丈夫なんて、びっくりだ。

「――メニル。そろそろ覚悟はできた？」

ついにラフィシアに聞かれる。その眼が怖い。綺麗だからよけいに怖く見える。

でも、いつまでも隠しているわけにはいかない。

「秘密は守ってくれる？」

「勿論《もちろん》。恥ずかしいことでも、いやらしい話でも、秘密にしてあげるわ。約束するわよ」

わたしは覚悟を決めた。ラフィシアには知っていてほしい。

「だったら、次の休み時間付き合って」


わたしたちは次の授業が終わるなり、騎士科の教室に急いだ。

カイル様を呼び出す。

意外にカイル様に告白する女の子は多いと聞く。マリー様がいるので、実ることのない想いなのに。

きっとカイル様のクラスメイトは、わたしをそんな女の子たちの一人だと思っているだろう。

噂の悪役令嬢だとは分かるわけがない。

本当は、「わたしがカイル様の婚約者です」と叫びたい。

婚約者なのに、それを明かすことさえできないなんて、惨《みじ》めだ。

しばらくして、カイル様が出てきてくれた。少し億劫《おっくう》そうにしている。

そんな顔もするんだ。

わたしはマリー様が来る前に場所を移動する。

木々が生《お》い茂《しげ》った人目につかない場所。

ラフィシアもいるから、変な噂は立たないはず。

「なんだい？　先約があるから早くしてくれる？」

久しぶりに聞くカイル様の声が、懐かしい。

もう一度、わたしの名前を呼んでくれるだろうか？

「お久しぶりです。カイル様」

声が聞けただけで、嬉しい。もっと聞きたい、その声を。

でも、返ってきたのは、あまりに非情な言葉だった。

「君、誰だっけ？　会ったことある？　…………、あっ、あ～っ、君、僕のストーカーちゃんだよね。いつも僕を見てる、気持ち悪い子だ」

笑いながらカイル様はそう言った。

ストーカー……、気持ち悪い子……

そんな認識？

「わたしはカイル様の婚約者、ですよ？」

「婚約者？　そう言ってくる子いるんだよね。自分が婚約者だからマリーと別れろって言う子がね。君もそのくち？　悪いけど他を当たってくれる？」

わたしが婚約者。

わたしが。

あなたの婚約者は、わたし……

怒りと哀しみで震える。

「嘘じゃないわ。わたしよ。メニルよ」

「ほら、嘘。僕の婚約者は『メニー』だよ」

「『メニー』は愛称よ？」

「メニーはメニー、君の勘違いだよ。聞いたことあるでしょう？　僕の婚約者が醜悪《しゅうあく》だって。中身だけでなく、見た目も醜悪《しゅうあく》なんだ。君みたいに可愛くない」

にこやかに言われ、わたしは絶句した。

醜悪《しゅうあく》。中身だけでなく、見た目も……

そう思っていたの……？　ずっと？？

悔しくて、唇を噛む。

「婚約者が嫌い、なんですか？」

声を絞り出すように聞く。

「嫌いではなかったよ、昔はね。メニーはぽっちゃりで、それが可愛いとは思ってたんだ。でもさ、王都に来て女性はメニーだけじゃないって気づいた。ぽっちゃりは大人になってもぽっちゃりのまだろうし。こんな僕の隣に立つなんてメニーも可哀想だろうしさ。それにマリーに出逢って、僕は本当の愛を知ったんだ」

カイル様は酔っているように語る。

「では何故《なぜ》、婚約解消しないのですか？」

ラフィシアが冷めた目で彼を見た。

「えっと、メニーの家は商家でかなりのやり手だから、簡単には解消できなくてね……。メニーが渋るんだ。あいつ、意地も悪いから。きっと、おじさんに無理を言ってるんだと思う」

カイル様はモゴモゴと訳の分からない理由を述べる。

「悪役令嬢の話はどこまで本当ですか？」

「すべてだよ。メニーは本当に醜悪《しゅうあく》で、性格も悪くて。この前なんか、お皿を投げてきたんだ。お気に入りのお皿だったのに」

ハハハッと白い歯を見せて笑う彼に、わたしはギリギリと歯を食いしばった。

口の中が切れて血の味が広がる。

流れ落ちないように、わたしは口の中の血を幾度も飲み込んだ。

その時、ラフィシアが静かに言った。

「そうですか。分かりました。酷《ひど》い婚約者ですね」

「だろう？　理解してくれて嬉しいよ」

始終笑顔のカイル様が気持ち悪い。

格好良いと思っていた顔が醜《みにく》く見える。

「メニル。諦《あきら》めついたよね。行こう」

ラフィシアが強引にわたしの手を取って歩き出す。

「もう、ストーカーはやめてね。次やったら君の家に抗議するからね」

背後でカイル様が叫んでいるのが聞こえた。ラフィシアが振り返り、にこやかに言い返す。

「その醜悪《しゅうあく》な婚約者様に、あなたはいつどこでお会いになっているというのかしらね？」

その言葉を聞いたカイル様の反応を、わたしは見なかった。


ラフィシアに連れていかれた場所は保健室だった。

先生はいないようだ。

わたしは簡易ベッドに座らされる。

「メニル、もういいよ」

その言葉を皮切りに涙が溢《あふ》れた。

できることなら悪態をつきたい。

だが、そんな醜態《しゅうたい》を人前で晒《さら》せるわけがなかった。代わりに手元にあった枕に八つ当たりする。

幾度もそれをベッドに叩《たた》きつけた。

枕の中の羽毛が飛び出して真っ白な羽根が宙を舞う。

抑えていたものをすべて吐き出すように、わたしは枕を振り下ろした。

「あっ、ああっ。ひっっ」

口を開く度に、血が流れる。その血が、制服に散った。

わたしのことが分からないなんて、考えもしていなかった。わたしはカイル様をずっと、ずっと、待っていたのに……

いつかわたしに気づいて、こちらを見てくれると思っていたのに！

噂を否定してくれると信じていたのに！

カイル様のために頑張って痩《や》せたのに！

カイル様の隣に立っても恥ずかしくないように、マナーも勉学も頑張った。カイル様、あなたのために。

あなたの姿をずっと追ってきた……

なのにあの男は、わたしのすべてを否定した。

わたしの努力はなんだったの!!

わたしは、わたしは………

興奮しすぎたのか、息が苦しい。

胸がキリキリと痛む。

「メニル？」

ラフィシアの声が遠くで聞こえた。

◆◆◆　ラフィシアの話

枕を叩《たた》きつけているメニルは、汗だくになっていた。口の端から血がだらだらと流れ出ている。

わたしは何も言えず、ただ彼女の様子を見守ることしかできない。

メニルがこれまで何かをじっと耐えていることは気がついていた。

それがあの男に関わる重大なことだとは思いもしなかったけれど。

メニルがあの男を好きなのは見ていて分かっていたから、どうやって諦《あきら》めようかと悩んでいるのだと思っていたのだ。

でも、違った。そんな簡単なことではなかった。

まさかメニルがあの男の婚約者だったなんて。

彼女はあの男によって悪役令嬢に仕立て上げられていたのだ。

メニルがわざわざあの男の婚約者を騙《かた》る理由はない。つまり、彼女の言葉は真実なのだ。

わたしは悪役令嬢の話を聞いてどう思っていた？

楽しんでいなかっただろうか？

メニルはどう思っていた？

わたしはそれを想像したことすらなかった。

きっと、悪役令嬢の正体が自分だとわたしに知られるのがメニルは怖かったんだと思う。

それなのにわたしに真実を明かしてくれた。

こんなことになるとは、思わずに。

あの場面を目にしても、メニルがあの男の婚約者なのを疑う気持ちもある。

正直、彼女が『悪役令嬢』だとは思えないのだ。

だって、彼女は何も行動していない。

それにしても、何故《なぜ》あの男はメニルを婚約者じゃないと言ったのだろう？　メニルが自分の婚約者だと気づいてもいなかった。そんなことってある？

いずれにしても、すべてあの男のせいに違いない。

わたしは何があっても、メニルを信じる。

しばらくして、メニルがフラフラとベッドに倒れ込んだ。

「メニル？」

胸を押さえ、息苦しそうに顔を歪《ゆが》める。

どうしよう。こんな状態になるとは思わなかった。

先生、先生を……

そう思って立ち上がった時、ガラリと扉が開く。数学のブローク先生が血相を変えて入ってきた。

「はぁ、はぁ……。メニル嬢は？」

「先生。ちょうど良かった、メニルが!!」

ブローク先生はメニルの様子を見て青ざめる。

「リリアーヌ先生を呼んでくるから、付き添っててくれ。保護者にも連絡するから、ちょっと時間がかかる。悪い」

そう言って、バタバタと部屋を飛び出す。

程なく、保健医のリリアーヌ先生が来てくれた。

酸欠による呼吸困難。そして、ストレスによる胃炎だろうと、メニルの症状を診断する。

先生はベッドの惨状《さんじょう》に引いていた。

血がついた顔に制服。散乱している羽根。……悲惨《ひさん》、としか言いようがない。

でも、何があったか聞いてはこなかった。

正直、助かる。聞かれても、言えるわけがない。

とりあえず、壊れたものは我が家が弁償すると伝える。メニルを止めなかったわたしの責任でもあるから。

先生は特にこの惨状《さんじょう》の原因に対して興味がなさそうなので、この話はここで終わった。


四十分ほどして、背の高い男性が部屋に飛び込んできた。

王宮の文官の制服がよく似合っている。

急いで来たのか髪を乱し、突然、叫んだ。

「ブローク！　どういうことだ？　メニルは大丈夫なのか？」

ブローク先生のお知り合いらしい。

「静かにしろ！　彼女は今は眠っている。あなたは誰だ？　部外者は立ち入り禁止だ。場合によっては追い出すぞ！」

リリアーヌ先生がその男性の前に立ちはだかった。先生は背が高いので堂々としたものだ。

男性はリリアーヌ先生を見てさっと髪をかき上げて服をひとはたきした後、手を胸に当て敬礼をした。

「失礼しました。メニル・アゼランの兄、マトリック・アゼランと申します。五年前までここに在学していたのですが、お忘れですか？　リリアーヌ先生？」

「覚えてるよ！　傍迷惑《はためいわく》な同級生ヤローだったな！」

リリアーヌ先生が吠えた。

知り合いに誰だと問う先生も先生だが、マトリック様の態度も常識外れだ。わざわざ顔見知りにその敬礼は、嫌味なのでは？

マトリック様はリリアーヌ先生からメニルの容体を聞くと、息をつく。そして、わたしに視線を向けた。

「君がラフィシア嬢だね」

わたしは立ち上がり、一礼する。

「ラフィシア・エプトンです」

「エプトン公爵家のご令嬢ですか？？」

マトリック様が驚いたような声を上げた。それを聞いたリリアーヌ先生がニヤリと笑う。

「ラフィシア嬢、ナイス。この男のこんな様子、初めて見たぞ」

先生は面白がっている？

「メニルめ。こんな大事なこと言わずにいやがったな……」

マトリック様がボソリと呟《つぶや》くのが聞こえた。

「メニルとは、互いに家名を名乗っていませんから、知らなかったのでしょう」

「いえ、メニルは知っていたはずです。申し訳ありません。妹は身分に無頓着《むとんちゃく》なんです。貴族の娘というより商人気質が強くて」

マトリック様がぼりぼりと頭を掻《か》く。

商人だからこそ、身分に注意しなくてはならないんじゃないかな……

わたしはメニルに何があったのか説明してほしいと、マトリック様たちの家に誘われる。彼に導かれてアゼラン家の馬車に乗った。

マトリック様はメニルを大事そうに抱えている。

ところで、何故《なぜ》、ブローク先生も一緒なのかしら？

「ブローク、どうしてお前はさっき医務室にいなかった？」

「僕にも仕事があるの。ずっと君の妹のそばにいるわけにはいかないの」

子どもっぽい会話だわ。

お二人はそんな言い合いを、馬車を降りるまで続けていた。

騒ぎながらようやくアゼラン家の王都の屋敷に着くと、入り口で侍女らしき女性がわたしたちをソワソワと待っていた。

その顔を見て、メニルが愛されていることを感じる。

「お坊ちゃま。お嬢様は？」

「寝てる。今はそっとしといてくれ。僕は何があったのかをエプトン公爵令嬢から聞く。彼女の家に知らせは送ってるが、確かにうちにお招きしたともう一度連絡させておいてくれ」

マトリック様はメニルを抱いたまま指示を出す。そして、自らメニルを寝室に寝かせる。

通されたメニルの部屋は飾りけのないものだった。

目につくのは、備《そな》え付けの棚に置かれた本の多さだ。経済の本から美術書、エッセイから恋愛小説も。ジャンルも様々なことに驚く。

「すごいですね」

「母の影響だよ。商売のために身になるものはなんでも習えってね」

続いて、応接室に案内される。

わたしはカイル・ローゼンに会って起こったことの一部始終を語った。

マトリック様は怒りで赤くなり、ブローク先生はヒクヒクと口の端を引《ひ》き攣《つ》らせている。

話し終えた後、わたしは念のために確認を取った。

「失礼ながら、メニルがカイル・ローゼンと婚約しているのは事実ですか？」

「事実だよ。メニルはカイルのためだけに頑張っていたんだ」

「悪役令嬢のような行動を本当に彼女がしていたのでしょうか？」

「事実無根」

そうよね？　入学してからずっと一緒にいたのだから、わたしが証人になれる。

「婚約者なのにメニルが分からないなんてあり得るのですか？」

幼馴染《おさななじみ》だというから、彼女の姿を知っていていいはずなのに？

カイル・ローゼンが最低男だからなの？

すると、マトリック様は上着のポケットから一枚の写真を取り出した。

「まぁ、あながち、分からなくても仕方ない……かぁ？」

歯切れが悪いわね。

パシンッとその写真を奪い取って、何が写っているのか見る。

……えっ？

わたしが黙り込んだのが気になったのか、ブローク先生が写真を覗き込んできた。

先生は口をパクパクさせ、マトリック様と写真を交互に見やる。

「えっ？　これ？」

「メニル、だ」

これが、メニル？

そこに写っていたのは、小さな子豚？

いえ、ぷくぷくに太ったまんまるの猫？

いえいえ、ぷっくりおデブちゃんのメニルの姿。

六歳くらいのものかしら？？　これはこれで可愛い!!　愛らしい！

でも、納得した。確かにこの写真の女の子と今のメニルが同一人物と言われても、誰も信じないだろう。

別人にしか見えないのだ。

今のメニルは、猫のような雰囲気で少しツンとした可愛らしいお嬢様。まんまる子豚ではない。

「努力したのね」

「勿論《もちろん》。カイルをずっと追って。カイルのためだけに」

それなのに、あの男は……

よくもメニルを傷つけたわね。

カイル・ローゼン、絶対に許さない。

◇　◇　◇

あれから、わたしは学園を休んだまま夏休みを迎えた。

診断はストレス性胃炎で、「これ以上ストレスを溜め込むと、胃に穴が空いて吐血するよ」と、お医者様に脅《おど》されたのだ。

お兄様にすごく心配され、しばらくはベッドから出してもらえなかった。

代わりに沢山《たくさん》のお菓子を買ってきたお兄様は、お医者様に怒られたようだ。

カイル様との婚約は無事に破棄された。

わたしが倒れたことで、お父様が血相を変えて、おじさま――カイル様のお父様に訴えたのだ。

おじさまは渋っていたみたいだけど、お父様が頑として譲らず、結局承諾したらしい。

きっとお父様のことだから、脅《おど》したのだろう。

慰謝料やカイル様の横領《おうりょう》の清算は、これからの話し合いになったのだが、無事に婚約を破棄できたことが、わたしの心を軽くしている。

こんなにスッキリするとは思わなかった。

婚約破棄という醜聞《しゅうぶん》ができたとはいえ、カイル様と婚約していたことを知る者が家族以外ではラフィシアしかいないというのが幸いだ。

そんなふうにしてわたしは十六歳の誕生日を迎える。

今年はいつもの避暑地に行くことができず、計画していたイベントが流れてしまった。

その代わりにラフィシアが屋敷に来てくれる。

「メニル、おめでとう。婚約破棄!!」

わざわざ、そこ？

「ありがとう。ラフィ。無事に婚約破棄できました」

「嘘よ、誕生日おめでとう」

「分かってる」

わたしたちはくすくすと笑い合った。

そしてわたしは、休み前のあの出来事について謝る。

ラフィシアに知ってもらうにはああするしかなかったし、彼女がいればカイル様が逃げないだろうと思ったのに、根本なところから無駄で、迷惑をかけただけだった。

「ラフィ、ごめんね。迷惑をかけたわ」

「どうして謝るのよ。メニルは全然悪くないわ。悪いのはアレでしょう」

「でも、医務室でのことは……」

「別に構わないわよ。メニルのお兄様がリリアーヌ先生に怒られただけだもの」

ラフィシアが医務室の後始末をし、お兄様に事情を説明してくれたおかげで大事に至らなかった。

その気遣いが嬉しい。

お礼に、わたしは次に売り出す予定の香水を渡す。ラフィシアは最初、遠慮していたが、最終的には受け取ってくれた。

「すごい資料ね。何を調べているの？」

机の上の大量の紙束を見てラフィシアが言う。

そこにあるのはお店に関するものばかり。

学園を休んでいる間に、無事にわたしのお店が開店したのだ。売り上げは順調に伸びている。

例の雑貨店も、経営は持ち直していた。

まだあの二人が絡んでくるらしいが、グレイダスさんは岩のように二人を無視していると聞く。

クビにするぞと脅《おど》されても、そんな権限はないと突っぱねたらしい。

彼はセンスが良く、経営の手腕もある。わたしの意見など遠く及ばない優れた案を数多く出した。

彼の計画表や資料を読むと、いつも感心してしまう。

お父様が信用を寄せるだけの実力がある。

そんな彼から学ぶことは多い。

わたしの次の目標は、隣国である帝都への進出。

そのために集めた資料だ。

「帝国に出すお店の資料よ」

「もう、仕事仕事って、大丈夫なの？」

「仕事をしてるほうがストレスがないの」

「嘘だぁ」

「本当よ。この香水を売るために、頑張って元気になったんだから。感想を聞かせてね」

「そういうことなら、しっかり使うわね」

事実、仕事は楽しい。

仕事に集中していれば、ストレスを溜めることはないだろう。

二人で紅茶を飲んでいると、お兄様がやってきた。整った顔が真っ赤になっている。

「どうしたの？」

「あの馬鹿がやりやがった」

あの馬鹿とは、まさか？

ラフィシアと顔を見合わせる。

わたしは意を決して聞いてみた。

「カイル様が何かしたんですか？」

お兄様が深いため息をつく。

「例のあの店の名義を、自分の名前に変えてくれだと」

カイル様は何を考えているの？

わたしとなんの関係もなくなったというのに、図々しい。

カイル様って、実は頭が良くなかったのかしら？　なんで気がつかなかったんだろう？

わたし、何も見てなかったんだ。

◆　◆　◆

カイルの話　その1

幼馴染《おさななじみ》のメニー――丸い顔にふわふわの茶金色の髪と小さな緑色の目の女の子だ。ぽてぽてと走る姿は庇護《ひご》欲《よく》を掻《か》き立てられた。

自分が手伝ってあげないといけない。そう思わせたのだ。

何か手伝ってあげると、彼女はふくふくの頬を震わせて笑う。それを見るのが嬉しかった。

メニーの世話をすれば、周囲の大人もメニーも喜ぶ。やりがいを感じる。

これが幸せなのだろうと思っていた。

だから、婚約を受け入れたのだ。

でも学園に入り、僕の知っている世界はほんの一部なのだと気づかされた。

学園には可愛い子や美人、聡明な子もいれば、ドジっ子もいた。格好良い奴から、凛々《りり》しい奴、ガタイのいい奴、利己的な奴、色々いる。

新鮮だった。田舎《いなか》では味わえないことばかり。

そして学園の友人たちは、自分の婚約者を自慢する。

背が小さくて可愛いとか、目や髪の色が綺麗とか、胸が大きいとか、笑顔が好ましいとか……。

幾つも長所を挙げた。

僕の婚約者のメニーは……

恥ずかしくて、言うことができなかった。

自慢できるところがない。

顔はそこまで美人でもないし、性格もありきたり。勉強も、まあまあといったところだ。

ぽっちゃりで、ぼわぼわと広がる髪で、指が短くて……可愛いと思っていたことが、急に醜《みにく》く感じた。恥ずかしい。友人たちに言えば、笑われそうだ。

いくら可愛くても、子豚は子豚でしかないのだと気づく。

その思いは、夏休みにメニーに会ったことで強くなった。

いずれメニーと結婚しなくてはならないなら、少しくらい自由にしてもいいだろう。

結婚してしまえば、ずっとあの顔を見ることになるのだから。

嫌いなわけではない。

だけど……

言い訳なのは分かっていた。

太った婚約者なんて、みっともなくて恥ずかしいだけ。彼女みたいな人間に隣に立たれると、僕の価値が落ちる気がしたのだ。

僕はメニーのことを忘れるように友人たちとの遊びに夢中になる。

婚約者について聞かれることもあったが、気にしなくてもいいと言っておいた。

次第に手紙を読むのも書くのも億劫《おっくう》になっていく。

田舎《いなか》の変わり映えしない内容に飽《あ》き飽《あ》きした。だいたい読まなくても分かっている。メニーのことはよく知っているから。

王都にいられる今は、楽しいことを優先しよう。学生のうちに遊ばなければ。

社会に出れば、遊べなくなる。

それは、メニーの父親から託された店が上手《うま》くいっていないことに対する気晴らしでもあった。

数字を見るのも嫌だ。経営の帳簿を渡されても何を意味しているか分からず、無視している。

こんなもの、見る意味があるのか？

帳簿を見るなんて雑務だろう。面白くなかった。

店の支配人も言うことを聞かない。僕のすることを全部ダメだと言う。

すべてが自分の思うようにならず、苛々《いらいら》した。

そして、ますます友人たちとの遊びにのめり込む。

学生の身なのだから、自由を味わうのだ。

上手《うま》くいかないことは自分の経験が浅いからで、大人になればできるようになるに違いない。今は見聞を広げるために……

そう、言い訳し続けた。

そんな中、二年生になる前の冬に新たな出逢いがある。

学園の祭にマリー・エルファ伯爵令嬢が来ていたのだ。

友達と廊下を歩く彼女の姿を一目見た時、胸がギュッと鷲掴《わしづか》みされたような感じになった。

美しい銀の髪に、翡翠《ひすい》のような切れ長の瞳。すっと通った形の良い鼻に、ふっくらとした紅《あか》い唇。首も指先も細い。服の上からも分かる形の良い胸に、引き締まったウエスト。スカートから覗く細い足首。

メニーとは大違い。雲泥《うんでい》の差だ。

僕は彼女に声を掛け、案内役を買って出た。

話をしているうちに、彼女が来期に学園に入学し、生徒会入りを希望していることを知る。

それから僕は、上位の成績が取れるようにがむしゃらに頑張った。

経営など、計算さえ間違わなければいいのだ。

マリーは優秀な成績で入学し、念願の生徒会に入った。

同じく一年に入学してきた第二王子殿下に自分を売り込み、僕も生徒会入りを果たす。

これで彼女と一緒にいられる!

そうやって、少しずつマリーや王子殿下と打ち解けていった。

けれど、僕に婚約者がいるのを、皆が知っている。マリーとこれ以上仲良くなるのは憚《はばか》られた。

そこで、婚約者の為人《ひととなり》を周囲に話していなかったことを利用して、メニーに悪役令嬢になってもらうことにした。

巷《ちまた》で流行《はや》っている小説のような、悪女になってもらったのだ。

マリーは僕に同情し、殿下もメニーに嫌悪を抱いた。

よしよし。

これでマリーと付き合っても、悪く言われないだろう。

いずれ、上手《うま》く婚約解消に持ち込めばいい。


メニーから手紙が届く。家族からも届く。

読む暇も返事を書く暇もない。

生徒会、何よりマリーとの時間が大事なのだ。

朝は彼女の家まで迎えにいってマリーと一緒に登校、昼ごはんを食べ、一緒に勉強をして、生徒会の仕事も一緒にする。帰りはデートをして彼女を家まで送る。

そんな幸せな時間を過ごした。

マリーの家は騎士家系だそうだ。

身体を動かすのは好きだし、騎士になればマリーの両親に気に入ってもらえるかもしれない……。

転籍もありか？

経営学がどうも苦手な僕は、騎士を目指したいと思い始めた。

先生に確認を取り、来期から転籍することを決める。二年生をもう一度することになるが、マリーがいるのだから構わない。

ただ、転籍には親の署名が必要だった。

正直に理由を話して騎士科に転籍するといえば怒られそうだ。だから僕は、遊びすぎて留年したという嘘をついてごまかすことにする。

これなら、仕方ないと苦笑いされるくらいだろう。そっちのほうが、まだいい。

僕は机に積み上がった手紙を見る。

封も切っていない両親やメニーからの手紙。

今更見ても、仕方ないよな。見るのは億劫《おっくう》だし、何より時間が勿体《もったい》ない。

大事な手紙の選別はできている。

一度、メニーから大量の手紙が来ることを友人に話したところ、同情された。

「読めないほど頻繁《ひんぱん》に手紙が来るなんて、お前も大変だな。独占欲の強い婚約者もどうなんだろうな」

「……そうだよな」

メニー、君は最高だよ。もっと、悪役令嬢でいてくれ。

僕は内心、ほくそ笑んだ。

それはともかく、仕送りがマリーとのデート代に消えていく。

もっと彼女にプレゼントをしたいが、これ以上のお金の無心はできない。

どうしようかと悩んでいた時、例の雑貨店を思い出した。

僕に任された、僕の店。

あの店の売上はどうなっているんだ？　あれは、僕の稼ぎになるんだよな。

なんで、今まで給料を貰《もら》わなかったんだろう？

僕は店に行って、支配人に交渉した。

嫌な顔をされたが、（未来の）婚約者のために使うと言うと、渋々、お金を出す。

これでマリーにネックレスが買える。彼女に似合うのはどんな宝石だろう。

それ以来、度々お金を貰《もら》いに店に行った。

その度に嫌な顔をされたが、婚約者のためと言えば、お金が出てくるのだから我慢だ。

しばらくして、僕が急に羽振りが良くなった理由をマリーが聞いてきた。店を任されているのだと教える。

彼女にその店を見てみたいと言われ、案内した。

「嘘!!　あの有名な『レイザック』じゃないの。このお店を任されてるの？　すごい!!」

「そう？」

「そうよ。あのアゼラン商会系列のお店よ。高位貴族御用達《ごようたし》と言われてるって聞いたことがあるわ。カイル、すごい」

そ、そうか。そんなすごい店を僕は任されているのか。

マリーの尊敬の眼差《まなざ》しに、僕は鼻高々になる。

「ね、ねぇ、カイル。わたし、わたしね、将来自分のお店を持ちたいと思ってるの。だから、このお店を手伝っちゃダメ？」

下から見上げてくる彼女の顔は可愛い。

そんな可愛い恋人のお願いを聞かないわけにはいかない。

だが、支配人にマリーに店を手伝わせると告げると、眉を寄せられた。

「この店は僕に任されているんだ。僕の店と言っても過言じゃない。その僕の命令なんだから、聞け」

僕は堂々と言ってやる。

マリーがキラキラした眼差《まなざ》しを僕に向けていた。

「あなたは私どもの雇い主ではありません……」

なんだ？　ボソボソ言うので聞こえなかった。

まあ、大したことじゃないだろう。

言うことを言ったので、この日はこれで帰った。

それからも度々、お金を貰《もら》いに店に行く。

やがて、僕は騎士科に移った。

その頃から店の雰囲気が変わる。

内装が明るく華やかになったのだ。商品の系統も変わった。

マリーは「わたしが思ってたのとちょっと違うのよね〜。でも、これはこれでアリかな」と言う。

そんなある日。

「ここに置いているもの、ダサくない？　わたし、こっちにしてって頼んだのに！」

店を視察中、マリーが叫んだ。

「おい！　どうなっている？」

怒る僕に、支配人が冷静な口調で返す。

「今の流行《はや》りは、そちらです。売上は倍になっています」

「そ、そうなの……」

支配人の態度がおかしい。

僕に対する対応は以前よりましになってきたのに、店についての意見はすべて無視されている。

これではまずいと思い、支配人に命じた。

「店の名義を僕にしろ」

すると彼は大きくため息をつく。

「この店は、あなた様のものではありません。アゼラン子爵様のものでございますので、きちんとご当主様とご相談ください」

くっ!!

「そのアゼラン子爵が、この僕、カイル・ローゼン伯爵子息に任せてくれた店だ。僕のものだ」

そう僕が言うと、支配人はまたため息をついた。その目には侮蔑《ぶべつ》がこもっている。

それを見て腹を立てた僕は、マリーを連れて店を出たのだった。

第二章

夏休みが終わり、わたしは再び学園に通いはじめた。

休み前のテストを受けられなかったため、特例で追試を受ける。

難しかったけど、なんとかなったので安心した。

それはともかく、このところわたしは図書館に通っている。隣国である帝国の言葉を調べているのだ。

商売をするにあたり、外国語は重要だ。語学が堪能《たんのう》であれば騙《だま》されにくく、交渉もスムーズになる。

お父様は八ヶ国語、お母様は五ヶ国、お兄様も六ヶ国語話せる。わたしはまだ四ヶ国語だけ。

国外では帝国語を共通語としている人が多く、習っておいて損のない言葉なのだ。

ただ、一番難しい言葉でもあるので、わたしには苦手意識があった。

そこを、いつまでも苦手なままではいけないと思い直して奮起する。

わたしは沢山《たくさん》の帝国語に関する本をかかえて空いている席に着き、本を開いた。

【簡単に分かる帝国】――その冒頭をペラペラとめくる。

求めている内容は載ってない。

【君もすぐに活《い》かせる帝国語】

　これも、何か違う……

　その時。

「ていこ、帝国語にき、興味、あるの？」

　前の席から声が掛かった。

　顔を上げると、青年がいる。

　珍しい青みのある黒髪に瞳。

　確か、帝国ではよく見かける色味だ。

『帝国、の方ですか？』

　わたしは拙《つたな》い帝国語で聞いてみた。

『えっ、しゃべれるの？』

『まっ、待って。早い。もっとゆっくり、お願い』

『ごめん。きみ、帝国語が話せるの？』

『少し、だけ。あまり得意じゃない、からおかしいと、思う、ます？』

『十分だよ。それだけ話せれば、観光に行ける』

『観光、なら、十分ですが、わたし、帝国で、商、あ……商売？　したいから、もっと話せる、ように、なる……なりたい』

「じゃあ、わた、僕とおしゃべり、しよ」

青年が急にこちらの言葉に切り替えた。

「僕にローゼルク国の言葉、教え、て。僕、君に帝国語、教える」

なるほど、そういうことか。利害一致というやつね。

わたしが返事を躊躇《ためら》っていると、彼は不安そうな顔で尋ねる。

『もしかして、婚約者とかいる？　その人、男の人といるのを嫌がる？』

『婚約者、いない』

『なら、どう？』

「喜んで」

その後も図書室で話し込んでしまい、わたしたちは司書さんに睨《にら》まれた。

二人で図書館の近くのガゼボに移動し、改めて自己紹介する。

彼はオシニア帝国からの留学生で、アルセスと名乗った。騎士科の二年に編入したのだそうだ。留学期間は卒業までらしい。

長い後ろ髪を金色の留め具で結んでいる。その留め具は細かな装飾がされているので、高価なものだろう。

加えて、耳飾りの宝石も希少なもの。

きっと彼は帝国でそれなりの身分の人に違いない。

ただ、家名を教えてくれなかったから、詳しいことは分からなかった。身分を隠しているのかもしれないし、突っ込まないほうがいいよね。

次の日の昼休み。

昨日のガゼボに向かい、ラフィシアにもアルセスを紹介した。

彼女はアルセスをじっと値踏みするように観察したのち、少し口の端を持ち上げる。

「あの馬鹿よりはいい面構えね」

もっと、言いようがあるでしょうに。

「あの馬鹿?」

「ううん、こっちのこと」

「何年生なの?」

「に、二年の騎士科だよ」

「もしかして、噂の彼がいるクラス?」

「噂? あぁ、あの彼か。真の愛……恋人をわる、悪役婚約者、から守ってるとか?」

ぷっ。

噴き出すラフィシア。肩が震えてる。

「あれ? 言葉、変だった?」

「上手よ」

「ラフィ……」

笑いすぎ。

「その『悪役令嬢』が何をしたのか、あなたは知ってる？」

「えっ、と、愛人、じゃなくて、恋人のもちびと、じゃなくて持ち物？　を隠した？」

持ち物を隠す？　そんなことをした婚約者は、どこにいるのかしら？

ラフィシアはますます大笑いしている。

アルセスは何故《なぜ》ラフィシアが笑っているのか分からず、首を傾《かし》げた。

『メニル。何故《なぜ》、彼女は笑っているんだ？』

『その話が本当ではないから笑ってるだけよ』

『？』

『正直に話すと、う、噂の彼の婚約者はわたしだったの』

『えっ？　婚約者？　いないって……』

『かこ、よ。過去。夏……夏休み中に、解消……じゃなくて、えっと、はき？　した、の』

アルセスは目を白黒させる。

まあ、そうなるよね。

わたしは婚約破棄することになった経緯を辿々《たどたど》しい帝国語で説明した。

学園内では帝国語を聞き取れる人がほとんどいないので、わたしが噂の悪役令嬢だと話しても大丈夫。

ラフィシアが持参した紅茶を優雅に飲みながら、相づちを打つ。

ラフィシア、帝国語が分かってるのかしら？

拙《つたな》い帝国語の解説を聞き終えると、アルセスは手を顔に当てて重いため息をついた。

「あり得ない、だろう……」

そんな呟《つぶや》きに、ラフィシアが返事をする。

「あり得ちゃうのよ、彼なら。それに、メニルが子豚ちゃんだったのも意外だったし」

「ちょっ、ラフィ。なんで知ってるわけ？」

「マトリック様に写真を見せてもらったもの」

「子豚？」

覚えてなさいよ、お兄様。

「わたし、小さい頃は丸々太ってたの。今みたいに痩《や》せてからは会ってなかったから、彼は分からなかったのね」

「それでも、普通は……。いや、なら、噂はどうして？」

「そう、そこよ。なんでまだ噂があるのよ？　婚約が破棄されたことは知らせたんでしょ？」

わたしもそこは疑問だ。

「勿論《もちろん》手紙を出したし、ご両親やヘル兄様――彼のお兄様が報告を兼ねて訪ねていったの。なのに、会えてないらしいわ。どうも逃げてるみたい。部屋を覗くと、机の上は未開封の封筒の山だったそうよ」

おそらく、手紙を見ていないのだ。信じられない。

しかも、身内に会うのさえ避けている。

器用に逃げ回っているみたいだから、もしかしてご家族の動向を彼に知らせている内通者がいるのかしら？

ラフィシアが呆《あき》れた顔になる。

「何それ？」

アルセスは天井を見上げた。

「あーっ。でも、彼なら確かにやりそうだ」

「やりそう？」

「割と、比べて……えっと、なんだ？　帝国語で言うけど、『自分の利になるものを選《え》り好《この》みしてる』ところがあるね。授業でも、重要でないものは、ほう……放置、してることが、ある。それがすごく上手《うま》くて、周りがきず……気づいてない」

それって……

「つまり、メニルサイドからの手紙は重要ではないと思ってるわけね……」

「まさか手紙の差出人で判断して、見たくないものを後回ししてる？　それで最終的に面倒臭くなって放置しているから、読んでないってこと？」

「きっと、それだ」

「「「……………はぁ……………」」」

ため息が三つ重なった。

馬鹿馬鹿しい。

何故《なぜ》わたしは、あんな男が良いと思っていたんだろうか？


帰宅後。三人で話し合った推測をお兄様にも話す。

お兄様も呆《あき》れ返ったものの、納得もしていた。

「どうしよう？」

「父さんに言っておく。僕はヘルに会って確認してくるよ。まさか、カイルがそんな奴とは……」

「このままでは騎士団に入るのも、無理でしょうね」

「だな……」

こんな、ふざけた男が騎士になるなんてあり得ない。

騎士団でも重要な書類を後回しにして、いつの間にかなくされたら大変なことになる。それを分かっていないのか？

「メニルのせいではないからな」

「分かっています。もう吹っ切れています。今は勉強と仕事に身を入れているんですよ」

「早く、帝国語をマスターできるといいな。今度、帝国語で茶会をするか？」

お兄様はニヤニヤ笑った。こういう時は碌《ろく》でもないことを考えているのだ。

「結構です。どうせ、帝国語を理由に、お見合いでもさせようとしてますよね？」

「ちっ、察しが良くなりやがって」

妹歴十六年を甘く見ないでもらいましょう。

「帝国語の専属教師ができたから、ご心配なく」

「聞いてないぞ」

「言ってませんから」

アルセスのことを知ったら面白がって揶揄《からか》うでしょうから、絶対に教えない。

カイル様のことは本当に吹っ切れた。

でも、彼の姿を追うことはやめていなかった。

何をしでかすのか、何を言うのか、心配なのだ。

「ところで、明日、学園のテスト結果が掲示されるみたいだが、メニル、お前の名前はないらしいぞ」

そう言えば、そんな時期よね。

わたしは追試だから、名前がないのは仕方がない。

「明日、授業が終わったら、学長室に行け」

「学長室？　どうしてですか？」

「話があるんだとさ。僕も呼ばれてるんだ。お前、なんかしたのか？」

「いつ、何を、どこでするのですか？」

お兄様は知ってるわよね？　変なことに巻き込まれないように、わたしが細心の注意を払っているのを。

だって、お兄様自身がそうしろと言ったんだから。

「すまん。揶揄《からか》いすぎた」

お兄様はこほんと咳払《せきばら》いをする。

「これからについての話だそうだ。例の噂が消えそうにないだろう。父さんがわざわざ学園長に連絡を入れたようなんだ。このままにすればアゼラン商会がなめられる。ならばとな」

「ごめんなさい。わたしのせいで……」

「お前のせいじゃなくて、あの馬鹿のせいだ。父さんは奴を破滅させる気だろう。放置しとけと言ってたからな」

お父様ならやりかねない。落とすところまで落とすのかな？

「ローゼン伯爵家はどうなります？」

「メニルは優しいな。奴の家を心配してるのか？　まず、ヘルの代替わりが早まるだろう。おじさんは奴を領地に閉じこめておく気らしい」

「おじさまは甘いわね」

「甘いな。末っ子だからと甘やかしてるんだろ。まっ、父さんのことだから、しっかり罰を与えられるように進めているはずだ」

彼はどうなるのか……わたしが心配しなくていいのよね。

「まずい事態になっていると、いつ気づくんでしょう？　まさかこのまま、知らぬは本人ばかりなり、になるのでしょうか？」

「そのまさか、だろ。あの馬鹿のことだ。逃げ回るぞ～。カイルに甘いおじさんたちに捕まえられるわけがないし。奴がいつ気づくか、楽しみになってきた。その時、どこまで状況が悪化してるだろうな」

ニヤニヤ顔が収まらないお兄様。

ほんと、人が悪いんだから。


次の日の放課後。わたしは学長室に行った。

お兄様が先に来ていて、ブローク先生と担任のエリオット先生を交え、学園長先生と楽しそうに話している。

「来てくれたね。座って」

学園長先生にすすめられ、わたしは椅子に座った。

「すまない」

突然、エリオット先生が謝る。学園長先生とブローク先生も頭を下げた。

何事？

訳が分からずに困惑していると、エリオット先生が申し訳なさそうな声で説明する。

「君の追試のテスト問題が間違ってたんだ」

えっ？

「二年生向けの問題だったんだ」

つまり二年生のテストだったってこと？

「一年のテストと二年のテストが入れ替わっていたんだ」

「あぁ、それで難しかったんですね」

道理で難しいと思った。

それでわたしの成績が貼り出せなかったのか。

「良くない点だったんですね」

「いやいや、その逆だよ。すべて、九十点越え。九十九点のもあったんだ。今回の二年の中でも総合トップだよ」

そんなにできていたの？　妙に難しかったから、いつも以上に頑張ったのよね……

「二位は三点差で第二王子殿下、三位は例のマリー嬢で十点差だってよ」

お兄様はニヤニヤとしている。

もっとシャンとしてほしい。保護者として来ているはずなのに、だらしがない。

「それもあっての提案なんだが」

学園長先生が改めてわたしを見た。

「飛び級してみないかい？」

飛び級？

「今の君には、一年の授業は物足りないのではないかい？」

そんなこと……あるのかな……？

「すぐに卒業というわけにはいかないが、進級テストを受けて合格すれば、来期は三年生として通えばいいと思っている。三年になれば、他の生徒に実力を見せつけられる」

実力があれば信用を勝ち取れる、と言いたいのか。

「君の事情は把握《はあく》している。君たちのお父上とは、昔から親しくさせてもらっていてね、あいつがわざわざ子どものことに口を出すとは、よほど腹に据《す》えかねているのだろう」

お父様ったら、モンスターペアレントをしたのね。

「悪役令嬢の噂を払拭《ふっしょく》するには、もう遅い。ローゼン君の婚約者が誰かも知らないのに、噂が一人歩きしてるんだ。その証拠に、婚約破棄されたのに次々と新しい話が出ている」

「学園側は何故《なぜ》対応をしなかったのですか？」

そう聞くお兄様の目は笑っていない。

「痛いとこをつくな、マトリック君。確かにこちらの不手際だ。たかが噂だと高を括《くく》っていた。加えて、彼は婚約者の名前を一切出していない。おかげで、メニル嬢が噂の婚約者だとは思わなかった」

学園長先生は頭を抱えている。

アゼラン商会を敵にしたら、経済的に追いつめられるからね。

事情があって、わたしとカイル様の婚約は身内にしか知らされていなかった。それが災《わざわ》いしたのだろう。

「いくら婚約を破棄したとはいえ、噂の悪女がメニル嬢だと知られれば立場が悪くなる」

「その前にメニルの優秀さを周囲に印象づけてしまおう、ですか？」

「そうなるな」

「だって。どうする？　メニル」

上の学年に進めるのはいいけど、ラフィシアと離れるのは寂しい……

「ちなみにラフィシア嬢も飛び級するよ」

それを聞いて、わたしはばっと顔を上げた。

「ラフィもですか？」

「彼女から話を持ちかけられたんだよ。君が飛び級する気があるなら、自分もしたいと」

「受けます。受けさせてください‼」

お兄様、そこで、笑わないでください！

わたしは喜んでこの話を受けた。

◇　◇　◇

あれ以来、図書館の近くのガゼボがわたしの帝国語講座の教室になった。

時間は昼休みと放課後。十分待っても相手が来ない場合はお休み。そう決めている。

本日は数日ぶりに昼休みを三人で過ごしていた。

飛び級をすることを伝えると、アルセスは自分のことのように喜んでくれる。

わたしたちは帝国語とローゼルク語を織《お》り交《ま》ぜて会話を続ける。

ラフィシアも帝国語ができるので、本格的な会話の訓練が三人でできるのだ。お陰で、わたしの帝国語はぐんぐん上手《うま》くなり、アルセスはローゼルク語を流暢《りゅうちょう》に話すようになっていた。

しばらくして、例のカップルが腕を組んで歩いているのが見えた。

彼女は頬を赤く染め、彼を見上げている。彼も微笑《ほほえ》ましそうに彼女を見ている。

美しい光景。

そう思っていた。

でも今は、鳥肌が立つ。

演技くさい幸せアピール。他人の幸福を踏みにじって幸せに浸《ひた》るあの構図のどこが良いのか？

「相変わらずね」

「いつも一緒だけど、あの二人は騎士科と普通科だよね？　時間合うの？」

「合わないよ」

「じゃあ、どうしてるんだろう？」

アルセスと話すようになって知ったのだが、普通科と騎士科の授業内容にはかなりの違いがある。

終了時間はほとんど合わないそうだ。

なのにあの二人は、見る限り、いつも一緒にいる。

わたしたちは帝国語に切り換えた。

『生徒会を理由にしてるみたいだよ』

『生徒会？』

『第二王子殿下は何もおっしゃらないの？』

『そこが彼の手腕だよ。悪役令嬢の目を盗んでの逢瀬《おうせ》だと説明してるようなんだ』

はぁ〜？　毎日一緒にいるのをみんなが見ているのに、目を盗んでの逢瀬《おうせ》？

『そんな馬鹿な理由がまかり通るの？』

『真実の愛を貫《つらぬ》く美談なんだって』

これって美談なの？

『悪役令嬢から彼女を守るためにずっと傍《そば》にいる必要があると、第二王子に頼み込んだらしい。第二王子が学園長に話をつけたんだって』

学園長先生、何しているのでしょうか？　思いっきり、やらかしている。

これはお父様行き案件ね。

『それが通るなんて、どうなってるのよ！　この学園は？』

『彼の成績は？』

『騎士科の実技はいいよ。センスはある。でも、学科は……やればできるのにしてないのかな？　必要がないと思ってるのかも』

いまいちなんだ。

『夏前のテストは中の中だったみたいだね』

「凡庸《ぼんよう》ね」

ラフィシアの声は際限なく冷たい。目も冷え冷えしている。

『しかし、何から守ってるのかしらね』

悪役令嬢なんていないものね。

『婚約者様は何歳なのかしら？　どこにお住まいなの？』

『最近、婚約者はよく王都に買い物に来るという設定になったよ。プレゼントをねだりにくるんだってぼやいてた』

ぼやく？

「いつ、しめる？　手を貸すわよ？　公爵の力で抹殺《まっさつ》できるから、いつでも言って。協力するから」

楽しそうに言わないで、ラフィシア。目が本気よ。

許可を出せばすぐにでもしめに行きそうで、今までとは違う意味で胸がキリキリする。

「でも、そうでしょ。いつでも潰せるのに放置して。どうするつもりなの？」

「カイル様のご両親が、絶対に自分たちで息子に分からせるから手を出さないでほしいと頼んできてるのよ」

「あっまぁ〜い」

「同意するわ。でもお父様はそれに乗っかることにしたみたい。期限は冬休み終了まで。それ以降は、然《しか》るべき制裁をしていくみたいね。近日中に詳しい話し合いをすることになってるわ。お陰で、わたしは監視役なの。なんで、婚約破棄後も彼の姿を追わないといけないんだか……」

「最悪ね」

「無理するなよ」

わたしは胃に穴を開けないように気をつけようと誓った。

お父様が王都の屋敷にやってきた。お母様も一緒だ。

二人が揃うのは珍しい。

いつもお母様に家のことを任せて、お父様は仕事で外を飛び回っている。よく、家庭崩壊しないものだ。

愛情と同じくらい信頼があるのだと、以前、お母様が怖い顔で言っていた。

その時と同じくらい怖い顔で、お父様とお母様は今、目の前に座っている方々を見ている。

「彼には会えたのかい？」

お父様がおじさまに聞いた。

そう、目の前にいるのはカイル様の両親であるおじさまとおばさま、そして、ヘル兄様の三人だ。

全員、小さく背を丸め、冷や汗をかき、それをハンカチで幾度も拭《ぬぐ》っている。

子爵家のわたしたちは、伯爵であるおじさまたちより身分が低いのに、どう見ても逆の光景だ。

マトリック兄様もおじさまたちを冷たい目で見つめていた。

「……まだ、です」

「ほぉ、まだか？　あれからどれほど時間が経っているか、分かっているのか？」

おじさまたちは震えてる。ヘル兄様も俯《うつむ》いて黙っていた。

「ヘル、お前も会えていないのか？」

「悪い。数日屋敷に滞在したが、帰ってこなかったんだ。仕事もあるから、そう何度も行けないし……」

ヘル兄様は領地でおじさまたちのお手伝いをしている。アゼラン商会と提携している事業もあるので、そちらに時間を取られているらしい。

「なんで、あんな子に……」

「甘やかしたんだろ」

「そんなつもりは……」

「ヘルよりは甘い育て方だったぞ」

お父様が葉巻に火をつけようとして、横からお母様に取り上げられた。恨めしげにそれを眺めながら、おじさまに言う。

「……。メニルの立場を理解させなかっただろ？」

実は、我が家でのわたしの立ち位置は複雑である。

「冬休みが終わるまでは待つつもりだが、それまでに奴自身が今回の不始末に頭を下げ、店の金を返さなければ、社会的に潰す。外国に行こうが、死ぬほうが楽だと思うほど苦しめるぞ」

「ディスター、それはあまりにも酷だ」

「何を言ってるんだ、ブライド。お前の息子はそれほどのことをしたんだよ。では、共同経営の話をなかったことにしようか？」

「それは……」

おじさまは押し黙った。

どちらを取るかなんて考えるまでもない。

お馬鹿な息子より、領民のほうが大切に決まっている。

「分かった」

「あなた‼」

「それしかないだろう‼」

叫ぶおばさまに、おじさまは渋い顔をした。

「では、これにサインしてもらおうか」

数枚の書類をお父様が差し出す。

「これは……？」

「奴の貴族籍の離脱届けとお前とヘルの爵位変更届け。加えて、奴の借金や慰謝料を今後、お前が一切肩代わりしないという誓約書だ。どれも三部の複写になっている。冬休みが終わっても改善がないようなら、これらの手続きをする。そして、この誓約書はお前と私、そして奴に渡す」

「そこまでするのか？」

「するさ。私は商人だよ。どんな約束だって書面に残す」

お父様、顔が悪い人になっていますよ。

おじさまは目を閉じて、深く息を吐いた。そして、静かに目を開けるとペンを取り、サインをする。

　横でおばさまが泣いていたが、同情はできなかった。

　おじさまたちが帰ったのち、わたしたちは久々の一家団欒《だんらん》をしていた。

　お父様が葉巻を咥《くわ》えようとして、再びお母様に取り上げられる。

「嫌いなのは知ってますよね？」

　お母様の顔が怖い。お父様は渋々と葉巻を執事に渡した。

「それにしても、父さんにしては甘いですね。今更ですが、情けをかける必要がありますか？　冬休みが終わるまでとは、随分猶予を与えているじゃないですか。すっぱりと潰せばいいのに」

「それじゃあ、面白くないだろう。誰に喧嘩《けんか》を売ったのか、どれだけ世の中が甘くないのか、しっかりと奴の身に沁《し》み込ませないといけない」

「じゃあ、謝る云々《うんぬん》は？」

「どうせ、奴はしない。する気があったら、今頃、女と土下座しに来ている。ちょうど人材を探してたんだ。最近オーランド国でサファイア鉱山を掘り当ててな、掘り手が欲しかったんだよ。セルカ国では砦《とりで》を建設中で、資材も労働者も足りてないらしいしな。ついでに、スフィアニア国の上流階級の今の流行《はや》りは白い肌の女性を囲うことだそうだよ」

　仕事で外国を飛び回っているお父様は他国の事情に詳しい。

「犯罪は嫌よ」

お母様がつんとした顔で言う。お兄様もわたしもお母様に同調するように頷《うなず》いた。

商売上、お父様に裏の顔があるのは知っている。

それでも、わたしは真っ当な日向《ひなた》の道を行きたい。

「しない。君たちにそんな顔をされては生きていけないから、法に反することはしないよ。だけど、国が違えば合法なものもある。エスタニア国みたいにね」

我が家と切っても切れない関係にあるエスタニア国。

その名前を聞いて、お母様がふふふっと笑い出した。

あの国は海沿いにある大国で、貿易が盛ん、文化も発展している。

そんな国にあるのが、合法的な奴隷制度なのだ。犯罪者に対する刑として認められている。

お父様はそれを言っているようだ。

「マトリック。第二王子は任せるぞ」

「既《すで》に計画してます。僕の人望は役に立つでしょう？」

「たまにはな」

マトリック兄様はお父様と笑い合っている。ほんとよく似た親子。

お母様は呆《あき》れていた。

お兄様は一体何をするつもりなのか？　教えてはくれないでしょうね。

「メニル、楽しみに待ってろ。それまでは例のエスタニア国との仕事をきちんとするんだぞ」

「そうだな。『レイザック』もよくやってるようだし、期待してるぞ」

カイル様に任されていた店の名前を聞いて、思い出した！

「お父様！　試しましたよね⁉」

案の定、お父様はニヤニヤ笑う。

グレイダスさんと仕事をして分かったのが、彼がいれば、本来あそこまでお店が傾くはずがないということだった。そもそも、あんなぎりぎりの経営で、お父様が何も手を打たないのはおかしいと思った。

カイル様はお父様に試されていたのだ。

きっと、彼が音《ね》を上げてグレイダスさんかわたしに教えを乞《こ》うと考えていたに違いない。

彼が泣きついてこなくても、わたしが気づいて二人で立て直せるかどうかを試していた。だからずっと放置していたのだ。

結局どちらでもなく、わたしが引き継いだのだが……

グレイダスさんの度胸には感服した。さすが、お父様に認められたことだけはある。

「よく分かったな。奴には期待してたが、さっぱりだった。余計なことはするし、勘違いもするし。私の目がないからともっと冒険するかと期待していたのに、堂々と違う方向に行くとはな。メニー、お前はグレンから学べることはあるか？」

「はい。勉強になります」

「彼もお前と関わると昔を思い出すと言っていたよ。しっかり彼から学べ」

お父様は清々《すがすが》しい笑顔になった。

◇　◇　◇

冬休み前に、わたしはラフィシアと共に転籍試験を受けた。

仕事でなかなか勉強ができなかったものの、なんとか解答欄を埋める。

いつものガゼボでラフィシアと答え合わせをして、八十点は取れていると確認した。これなら合格圏内に入るはず。

「来期は同じ学年か。楽しみだな」

アルセスは嬉しそうだ。

「嬉しいけど、例の彼女がいると思うと、ねぇ」

「気が重いわ」

飛び級をして三年生になると、マリー様と同じクラスになる。

毎日顔を合わせると思うと、正直ぞっとした。

彼女はカイル様の婚約者が誰だったか知っているのだろうか？　悪役令嬢の話をどう思っているのか？

一緒のクラスになれば、それが分かるかもしれない。そう考えもする。

「関わりにはならないわよ」

「そうね、彼といつも一緒だしね」

『違うわよ。彼女、クラスの女の子からは嫌われてるらしいわ。でも、それに気づいていないのは本人だけみたいなの』

『まさか、「悪役令嬢」の虐《いじ》めのネタって？』

『アルセス。まさにその通り。その子たちもよく考えたものね。虐《いじ》めをすべて悪役令嬢のせいにしているの』

ふふふっと笑うラフィシア。よく探ってきたものだ。

わたしはまさかの事実にぽかんと口を開けた。

「わたしのメニルを泣かした元凶をしっかり見つけ出さないとね」

ラフィシア、そこでうっとりと微笑《ほほえ》まないで。怖いわ。ほら、アルセスも怯《おび》えている。

「そ、そういえば、この冬はどうするんだ？」

アルセスが話題を替えた。

ありがとう！

ラフィシアが笑みを収め、きょとんとする。

「この冬？」

「良ければ、帝国に来ないか？　メニルは帝国で店を出したいんだよな。下見ついでに観光すればいい。僕が案内するよ。ラフィシア嬢も一緒にさ」

「わたしはついで、かしら？」

「違う！　そうじゃない……と思う」

慌《あわ》てるアルセス。どうしたの？

帝国か……行ってみたい。

でも――

「お兄様に聞いてみないと」

「なら、僕から相談してもいいかな？　こうやって仲良くしてるわけだし、変に誤解されたらいけないだろ？　一度は挨拶《あいさつ》に伺うべきかな～なんてね」

「小賢《こざか》しいわね」

？？

ラフィシア、目が怖いよ。

ともかく、アルセスが直接お兄様に話をしてくれるなら、帝国に行けるかもしれない。

「是非《ぜひ》、お願いできる？　エスタニア国ならすぐに許可が降りるけど、帝国は難しかったの」

「エスタニア国に行くほうが難しくない？」

「事情があって……それについてはまた今度、教えるわね。ラフィシアなら知られても構わないだろうから、許可を貰《もら》っておくわ」

「ちょっと、まだ隠し事があったの？」

うっ!!　ラフィシア、ごめん。

「ごめんなさい。これは家族の許可がないと言えないことなの」

「分かったわ。でも絶対に教えてよ」

「うん」

「僕にも教えてくれる？」

「どうだろう？　それも相談してみるわ」

楽しくなりそう。ラフィシアと帝国でいっぱいおしゃべりできるといいな。

◆　◆　◆　アルセスの話

メニルを帝国に誘った次の日。

ちょうど休みだったので、僕はラフィシア嬢と共にメニルの家へ行った。

屋敷を見上げ、あんぐりと口が開く。

彼女の家が商会を営《いとな》んでいるのは知っていた。

ローゼルク国でも一番のやり手であるアゼラン商会。宝石から、衣料、雑貨など、あらゆる商品を手広く扱い、自国だけでなく他国まで事業を広げている。

メニルはその会長であるアゼラン子爵のお嬢様だ。

豪華な屋敷を思い浮かべていたのに、今、目にしているのは、ありふれた外観のこじんまりとしたものだった。

「わたしも始めて訪れた時は驚いたわよ」

ラフィシア嬢が同情の眼差《まなざ》しで見てくる。

衝撃が収まらないうちに、僕たちは屋敷の中へ案内された。

内装もシンプルで実用的なデザインだ。無駄で贅沢《ぜいたく》な飾りは一つもない。

通された応接室には、有名な絵画が一点飾られているだけ。

そこで僕は再び目を剥《む》いた。

あの絵画は今は亡き画家のものだ。彼が死んだ後で評価されたため、その価値は爆上がりしていたはず。我が国の国家予算の四分の一はするんじゃないだろうか？

そんなものがここにあっていいのか？　国立の美術館に飾られていてもおかしくないのに。

「どうしたの？」

素直に疑問を口にするメニルに、意を決したようにラフィシア嬢が聞く。

「アゼラン商会は儲かってるわよね？　その割には屋敷の外観や内装がありふれてると思って」

いや、この絵画はやばいぞ。ラフィシア嬢、君なら知ってるよな。そこには触れないのか？

「お父様が稼いで建てたお父様の家よ。本人が気に入っているんだから文句はないわ。わたしたちも生活に困っていないし。もし贅沢《ぜいたく》したいなら自分で稼ぐ、が我が家のモットーなのよ」

「溜め込んでるの？」

「ラフィ、言い方が下品よ。でもどうだろ？　気にしたことがないわね。孤児院の運営もしてるから、そっちに回してるんじゃないかな？　お金は使ってこそ意味があるって考えだし」

メニルの父親。噂にはよく聞くが、相当、クセがある。

この絵はその父親自身の贅沢《ぜいたく》なのか？

そして、この絵を買えるくらい儲けているのか？

凄《すご》い。

「いずれはマトリック様がアゼラン商会を継ぐの？」

「そう思ってたけど、最近のお兄様はお父様を超えたいと言っているの。お父様も優秀な人材を育てるのが好きだし。きっとその人たちに任せるんじゃないかしら」

能力主義か？　メニルの性格から納得できる方針だ。

彼女は努力を惜しまない。だからこそ輝いている。真っ直ぐ前を見据《みす》えている姿勢が美しく思えた。

まだ、出会って数ヶ月だというのに、僕はもっと彼女のことが知りたい。

あの男の元婚約者で、噂の悪役令嬢。

婚約破棄をしたにもかかわらず、未だに彼女は彼を放置している。

僕なら、すぐに彼を再起不能にするだろう。何もしていないのはどうしてなのか？

三人で話し込んでいると、彼女の兄——マトリック様がやってきた。

「よく来たね。ラフィシア嬢」

「お久しぶりです。マトリック様」

彼女とメニルとは雰囲気が違う。メニルのイメージが猫なら、この人は犬。本当に兄妹なのか疑問に思うほど外見も似ていない。

彼は確固たる信念を抱いている、と感じられるような強い眼光を放っていた。

久々にこういう人と対面し、僕は無意識に唾を飲み込む。

「で、そちらは？」

「前に帝国語の教師がいるって話したでしょう？　アルセスよ」

「うん、確かに聞いたよ。だけど、彼の詳しい身元は聞いてないな〜」

「言ってなかったかしら？」

「メニル？　ホウレンソウは確実にするのが鉄則だよな？」

「今してるよ」

「遅い！　商人の娘がそんなこともできないで、帝国に店を構えられるか！　出直してこい!!」

「ほら、怒る。だから直前まで言いたくなかったの」

元気の良い兄妹喧嘩《きょうだいげんか》が始まる。でも互いに本気じゃないのは分かった。

「ちっ、お前との話は後だ。こいつと二人きりで話したい。二人は部屋でおしゃべりでもしてろ。終わったら呼ぶ」

「どうして？」

「聞きたいことと話しておきたいことがあるんだ。その間にお前もラフィシア嬢にちゃんと話しておけ」

なんのことだ？

「分かったわ。ラフィ、行こう」

メニルはラフィシア嬢と部屋を出ていった。

正直、マトリック様と二人きりになるのが怖いのだが……

何を言われるのだ？

すぐに彼は佇《たたず》まいを正し、頭を下げた。

「失礼ながら、帝国で侯爵以上の身分をお持ちですよね」

ゴクリと自分の喉が鳴る。

どうして分かった？

僕の表情を確認して、彼はニヤリと笑う。

「詰《つ》めが甘いですよ。ローゼルク国《こちら》ではあまり知られていませんが、その金の髪留めの細工は帝国の侯爵家以上の者しか使えないものですよね。耳の宝石にしても帝国でも希少価値が高いものでしょう。身分を隠すなら、もう少し気をつけませんと」

それだけで身分がバレるとは思わなかった。

まさか、メニルも、知っている？

もう、身分を隠す必要もないか……

「そう、です。改めて自己紹介させていただきます。わたしはアルセス・ビストラスといいます」

『五大公爵家の一つですね？』

『そうです。……あなたも帝国語を？』

『……商人ですから当然、話せます』

マトリック様は好みのおもちゃを手にした子どものような楽しげな顔になった。

僕はギラギラした目でへつらってくる者か、ヘラヘラと媚《こび》を売る者しか知らない。こんな目を向けられたことがなくて戸惑《とまど》う。

「あいつは、なんて大物引っ掛けるんだ……」

そう呟《つぶや》く彼の声は弾んでいる。

「彼女はわたしの身分を知らないはずです」

「どうでしょうね。何故《なぜ》あなたはメニルに近づいたのですか？」

「純粋に帝国語に興味を持っている彼女が気になっただけです」

そう、次々と帝国語の本を漁《あさ》る姿が、妙に目についたのだ。何か目的があって必死になっているように見えたから、声を掛けた。真剣な姿が好ましく思えたのだ。

自分の身分を明かさなかったのは、色眼鏡で見られるのが嫌だったから。

予想通り、身分にとらわれない会話は楽しかった。

そして話をする度に、もっと彼女のことを知りたくなった。

あの噂の彼の元婚約者だという話を聞いて、彼が嫌いになるほどに。

だが、そろそろ秘密が苦しくなってもいる。

「あなたはアゼラン商会に取り入る気はない、と？」

「ええ、ありません。逆にあなたたちは、我々――ビストラス公爵家に取り入る気ですか？」

マトリック様がすっと目を細めた。彼女と同じ色の瞳だが、雰囲気が大きく違う。

「必要ありませんね。そんなものがなくとも我々……いえ、メニルには大きな後ろ盾があります。

帝国の公爵家におもねって得られる利は少ない」

冷たい眼差《まなざ》しにぞくっとする。

妹を護《まも》る兄というだけではない、大商人の責任者のものだ。

どうしてこんな男が王宮の文官をしているのか？

握りしめる手が汗ばむ。

「僕はメニルに好意を抱いてはいます。ですがそれは、アゼラン商会の娘だからというのではありません。メニル嬢だからです」

「メニルが婚約を破棄したと知っているのか？」

「些細《ささい》なことです。彼女に非はないと聞いています」

そこでマトリック様はニヤニヤと笑う。

「では、メニルの秘密を知ってもそう言えますかね？」

「秘密？」

なんだ？　数日前にメニルも意味ありげに言っていた。

「メニルも十六歳になりました。身内の恥にもなりますが、……折角《せっかく》だから聞いてください」

マトリック様がこほんと咳払《せきばら》いを一つして、話し出す。

その話を聞き終え、僕は頭を抱えた。

思っていたよりも濃い内容に、出てくる言葉がない。

ただ、あの男が自ら幸福な未来を蹴ったことは、分かった。

◆ ◆ ◆ マトリックの話　その1

妹、メニルはどれだけ引きが強いのか。

ラフィシア・エプトン公爵令嬢といい、帝国の五大公爵家の一つビストラス公爵の子息――アルセス様といい、大物を捕まえてくる。

あの運の良さは、メニルの母親からのものだろう。

実は、僕とメニルの母親は違う。

メニルの母親はエスタニア人なのだ。彼女は父さんの愛人ともいえる。仕事で出会い、そういう関係になったらしい。

メニルがぽっちゃりしていたのはエスタニア人の母親の体質のせいだ。メニルと同じく、彼女も幼い頃はぽっちゃりとしていたようだが、今は出るところは出て引き締まるところは引き締まった抜群のプロポーションを持つ。

現に、少し遅かった成長期に入るとメニルはグッと痩《や》せた。

勿論《もちろん》、本人も努力をしていたのは知っている。

体力作りや食べる物にも気を遣い、その甲斐《かい》あって今では可愛らしい姿になった。

ただ、メニルの考え方などは僕の母似だ。

何故《なぜ》なら、生まれてすぐに僕の母が引き取ってメニルを育てたからだ。メニルの母親は仕事を優先し、あの子を僕の母に託したのだ。

商家の心得を叩《たた》き込んだのも僕の母である。

母とメニルの仲は良好だ。実の親子と言ってもいいくらい仲が良い。

だが、メニルは半分、エスタニア人である。

独特の文化を持つエスタニア国。あの国の法律はローゼルク国に籍を置くメニルにも適用された。エスタニア国人は十六歳になると大人として見なされ、大々的に祝われる。婚約者がいれば、お披露目もされるという。

この時、婚約者は相手の一族に紹介されてその末席に加わるのだ。その後は重要な会議などにも呼ばれる。

あの国の一族の結束は固い。

僕はエスタニア国の血を一滴も有していないが、メニルの兄だから、困ったことがあれば力になると言われている。

一方、仲間以外の者への当たりは強く、部外者を切り捨てる時は無情だ。

もし、カイルが順調にメニルと結婚すれば、仕事をしなくても、左うちわで暮らせたことだろう。

奴は自らその機会を蹴った。

メニルのことをきちんと見なかった報《むく》いだ。

大事なメニルを傷つけたことを彼らは怒っている。

父さんが奴を野放しにしているのは、彼らが手を出す余地を残しているためだ。

メニルの血族と付き合っているうちに、僕はエスタニア国の文化にかなりかぶれてきたらしい。

しっかり、彼らの片棒を担《かつ》ごうとしているのだから。

これから楽しくなるだろう。不幸のカウントダウンは始まっている。

さて、アルセス君。君はどうする?

アルセス君にはビストラス公爵家の力は入らないと言ったものの、帝国の五大公爵家の一つだ。

彼らは目の色を変えるかもしれない。皆、商魂たくましいからね。

奴よりは見込みがありそうだから、せいぜい気をつけてほしい。

僕はメニルに幸せになってもらいたいのだ。

第三章

お兄様からお許しが出たので、冬休みに入るなり、わたしは帝国へ旅行に出た。

勿論《もちろん》、やるべき仕事はきちんと終わらせてのこと。グレイダスさんは「帝国には参考にすべきことが沢山《たくさん》ありますから、しっかり勉強なさってきてください」とにこやかに送り出してくれた。

長閑《のどか》な田舎《いなか》を過ぎると、明るい街並みに変わる。

華やかな都市。

そこは夢のように思えた。

ラフィシアと馬車の中で手を取り合って騒ぐ。彼女も帝国は初めてだったらしく、浮かれている。

前に座るアルセスが必死で笑いを隠しているので、わたしは思いっきりその足を踏みつけた。

ちょうど、帝国では冬祭りが行われている。

色付きのガラス窓からもれた灯りが澄んだ空気を照らし、街全体が輝いているように見えた。

そんな街の中を三人で買い物をする。

帝国のお店は店員のマナーが一流だ。お辞儀一つとっても綺麗だった。品揃えも豊富、ディスプレイの仕方も良い。

わたしは帝国で人気のガラスの万年筆をプレゼントに買う。青と赤、そして緑のガラスの持ち手が綺麗だ。お父様にはネクタイピン、お母様にはブローチ、母さんには髪留めを選ぶ。

宿は、アルセスの屋敷だ。

自分の家とは違い、かなり豪華なお屋敷だった。沢山《たくさん》の人たちが温かく出迎えてくれる。

まさか彼が帝国でも指折りの五大公爵家の子息だなんて思わなかった。それならもっと早く教えてもらえば良かったと少し後悔している。

『予想よりは驚かないね』

不思議そうに聞いてくるアルセス。

『その髪の留め具の装飾が侯爵以上の人が身につけられるものだったから』

『立ち振る舞いが洗練されてたもの』

わたしとラフィシアの言葉に、彼はガックリと肩をおとす。

商人の娘を侮《あなど》ってもらっちゃあ困るわね。

わたしたちはアルセスのご両親に紹介された。

素晴らしい方々だ。やはり帝国の公爵夫妻となれば、身につけているものや好む話題が違う。

わたしは自分の会話のセンスが恥ずかしくなった。そして、そういう場に慣れているラフィシアを見て、ただただ尊敬したのだった。

旅の最終日。

ラフィシアは屋敷でのんびり帰る準備をするということなので、わたしはアルセスと屋敷の庭を散歩することにする。

真っ白な雪が降る庭はとても綺麗で、寒さを忘れるほどだ。ローゼルク国ではほとんど雪が降らないし、ましてや、南方に位置するエスタニア国ではこんな光景、見られない。

『メニルは寒くないの』

『寒いよ。でも、こんなに雪が降るのを見るのは初めてだもの。すごく楽しいわ』

手袋に乗った雪はなかなか解けず、真っ白な模様を描く。

アルセスがわたしの毛糸の帽子とマフラーの雪を払ってくれた。その手が不意に止まる。

『君が好きだ』

『……えっ？』

その言葉は自然に出てきたように感じた。

アルセスは真っ赤な顔で自分の口元を押さえている。

『あっ、その、ごめん』

『……何が？』

『もっと、場所を選んで告白するつもりだったのに……』

彼はその場にへろへろと倒れ込んだ。積もる雪がズボンを濡らす。

好きと言われて嬉しい。でも——

『ありがとう。でも、今はまだ考えられない……』

わたしは彼の手を取り、立ち上がらせた。

今はまだ、婚約について考えたくない。考える気にもならない。

アルセスが私の目を見る。

『分かってる。君がそういう気になれないのは理解できる。でも知っていてほしい。僕は君がアゼラン商会の娘だからじゃなく、メニルだから好きなんだ。少しでも、僕のことを気にしてくれるなら諦めないでもいいかな？』

『でも……』

『せめて春、春まで僕にチャンスをくれないかい？』

あまりの真剣な顔に少し心が揺れた。

だから——

『分かった。春までならチャンスをあげても、いいかな……？』

『ほんと？　よっしゃ!!』

わたしの答えに、アルセスはガッツポーズをした。

『覚悟しといてね』

満面の笑みでそう言う。

その顔にドキリとする。

急にアルセスの顔が見られなくなった。

どうしていいのか分からなくなって、慌《あわ》てて部屋に戻る。

部屋に入ると、ラフィシアが生温かい眼差《まなざ》しで迎えてくれた。

「よく考えてあげなさいね」

ラフィ！　どこまで知ってるのよ!!

結局、我が家に帰り着くまで、わたしはアルセスの顔が見られなかった。

その後、彼からの猛烈なアピールがあったことは言うまでもない。


冬休みが終わると、お父様がカイル様がやらかしたことへの始末をつけ始めた。

彼はとうとう、改心しなかったのだ。

未だに婚約破棄になったことにも気づいていないらしい。冬休みはマリー様と毎日一緒に過ごし、

『レイザック』から巻き上げたお金を散財していたようだ。

既《すで》に本人の知らぬ間にカイル様は平民となっている。本来、学園は退学になるのだが、そこはお父様が保証人となって継続できるようにした。

優しさからではない。かかった労力と費用は、いずれ時がくれば請求すると言っている。

おじさまとヘル兄様は幾度も彼を訪ねたようだが、いまだに、会えていないらしい。

彼は相変わらず手紙に目を通していないようだ。

お父様たちは嬉々として動いている。

わたしはそんな家族を見て背筋に寒気を感じた。

お兄様もニコニコしているし、怖すぎる。

一方、アルセスには……、春を待たずしてわたしは陥落《かんらく》した。

アルセスは本当に甘い。

甘党のお兄様までブラックコーヒーを飲むようになり、我が家から甘いお菓子が消えた。

ローゼルク語と帝国語を自由に操るアルセスの言葉は心臓に悪い。

どこまでも甘いのだ！

詩人になれるんじゃないかと思うほどの愛情表現の言葉は、聞いていて恥ずかしい‼

けれど、ゆるゆると心を溶かされていく。

そんなわけで、わたしたちは婚約をしたのだった。

お兄様もラフィシアも喜んでくれる。お父様とお母様もだ。

アルセスのご両親からは喜びのお手紙を頂いた。

幸せ。


そして、ラフィシアとわたしは来期から三年生になる。

学園長先生はわたしに頭を下げっぱなしだ。

何故《なぜ》なら、相変わらず悪役令嬢の話は収まっていない。今では亡霊説まであるそう。

生き霊になって彼を追いかけているのだとか。

生き霊って、どういうこと？　訳が分からなかった。

事態を収拾できずにいた学園長先生は、お父様と協力して彼だけでなく噂を広めている人間の悪意の証拠を集めることにしたみたい。

わたしは相変わらず、学園の窓から呑気に歩くカイル様の姿を見ている。

彼は一体いつ自分の失態に気づくのだろうか？

◆　◆　◆　マリーの話　その1

私、マリー・エルファはどうでもいい存在なのでしょうか？

お父様もお母様もお兄様も、私には興味がなかった。

お父様とお兄様は仕事が忙しいからと言って滅多に家に帰ってこない。お母様も買い物にお茶会にと日々出歩いている。

屋敷には家庭教師や侍女、使用人だけがいる生活。

誰も私を見ることも、話を聞くことも、そして、抱きしめてくれることもなかった。寂しい。

そんな時、入学準備を兼ねて遊びに行った学園祭で出逢ったのがカイル・ローゼン伯爵子息だ。

すらっとした爽《さわ》やかな出立《いでた》ちが印象的な彼。お父様もお兄様も体格が良いから、こんな人もいるのかと見惚《みと》れてしまった。

幸運なことに、彼が学園内の案内をしてくれた。優しい人だ。

きっと一目惚《ひとめぼ》れだったたと思う。

予定通り、その学園に入ると、彼のほうから声を掛けてきた。

嬉しい。私を見てくれた。

お父様やお母様が見ているのは私の成績。

その上、どんなに頑張っても褒めてくれない。生徒会に入ったと報告した時すら、おめでとうの一言が書かれた手紙があるだけだった。

お兄様は武術ができるからと、学園での成績が悪くても褒められていたのに。

武術の力があれば他のことはどうでもいいの？　私は女性で騎士にはなれないから、どうでもいいの？

そんな思いをカイル様が拭《ぬぐ》ってくれた。

彼は私の話を真剣に聞いてくれる。

温かな手で触れ、見た目より逞《たくま》しい腕で抱きしめてもくれた。

彼の胸の中は泣きたくなるくらい気持ちが良い。

でも、カイル様には婚約者がいた。

醜悪《しゅうあく》な方らしく、度々、不満が彼の口から出る。そんな時の彼は悲しい顔をしていた。

私なら彼にそんな顔をさせない。彼に悪口なんて似合わないわ。

私なら彼を幸せにできるのに。

彼の婚約者の家は商会を営《いとな》んでいるらしい。

だから何？

私はマリー・エルファ伯爵令嬢。父は王都警備騎士団団長だし、お兄様は近衛《このえ》騎士団副団長。怖いものはないわ。

たかが商会でしょう、どうとでもできるわ。

いざとなれば、お父様に捕まえてもらえばいい。商会なんて、人に言えないことの一つや二つはやっているはずだもの。

娘が醜悪《しゅうあく》なら、親も醜悪《しゅうあく》に決まってるわよね。

私が彼を助けよう。

周囲の人は私たちを真実の愛で結ばれていると言ってくれる。

でも、クラスの女の子にはやっかみの言葉をかけられた。

これは彼の婚約者の命令に違いない。

でも、カイル様の愛は私のもの。

だから、どんなことがあっても負けないと誓った。

ある時を境《さかい》に、カイル様は私にキラキラと輝くネックレスなどを贈ってくれるようになった。

不思議に思って聞いてみると、彼はお店を経営していると教えてくれる。

アゼラン商会系列の雑貨屋『レイザック』だ。

彼がアゼラン商会と懇意《こんい》にしているとは知らなかった。

宝飾店や衣料店など、さまざまなお店を営《いとな》んでいる有名な商会だ。

ひょっとして、私の夢が叶うかな？

私は将来、自分のお店を持ちたいと思っていた。

お父様やお母様に褒めてもらえるような素晴らしいお店を出したいのだ。そうすれば、認めてもらえるかもしれない。

私は彼に言って『レイザック』を手伝わせてもらうことにした。

◆　◆　◆　マリーの父の話　その1

私は今、目の前に座る一人の男の存在に緊張していた。

男はアゼラン商会の会長、ディスター・アゼランその人だ。

子爵という身分ながら、堂々としたもので、その眼光は強い。武力を誇っているわけでもないのに、王都警備騎士団団長を努める自分より修羅場を潜《くぐ》っているように思える。

「——それはどういうことかな？」

告げられた言葉の意味が分からず聞き返すと、彼は不気味な笑みを浮かべた。

「言葉通りですよ。王都警備騎士団《そちら》との取引を白紙にしたいと言ったのです」

「何故《なぜ》だ？」

「何故《なぜ》？　それはあなたがいるからです。個人的な理由ですが、この世の中は信用で成り立っています。あなたは私の信用に値しません」

「だから、何故《なぜ》急に？」

訳が分からない。

突如、ディスターが騎士団を訪ねてきて、アゼラン商会との契約を打ち切りたいと言ったのだ。

　そうなる理由が全くもって分からなかった。

　自分が原因？　どういうことだ。

　彼は冷たい笑みを私に向ける。私の後ろに控えている騎士団の会計係が震え上がったのが分かった。

「何故《なぜ》だかお分かりにならないのですか？　笑えますなぁ。それほど無関心なのですな。よろしいでしょう。私も鬼ではありません。三ヶ月です。三ヶ月の猶予を差し上げましょう。それまでに何《な》故《ぜ》、私が怒っているのか、よぉくお調べになることです」

　ディスターは笑いながら去っていった。

　アゼラン商会からは、馬の飼い葉や衣料、食糧などを買っている。

　今から違う店を探す時間などない。何より、アゼラン商会が手を引いたことが知られれば、取引してくれる店は出てこないだろう。アゼラン商会はこの一体の店全部と取引がある。

　一体、どうしてこうなった。

「団長、何をしたのですか？」

　会計係が不安そうに尋ねる。

　それが分かれば苦労しない。

「分からん」

　私は頭を抱え、そう答えるしかなかった。

暗い気分で久々に家に帰った私が見たのは、執事に息巻いている妻の姿だった。

彼女は銀の髪を乱している。それでも昔から変わらず美しい。

「どうした？」

「旦那様。どうもこうもありませんわ。行きつけのお店からことごとく出入り禁止を言いわたされたのです」

妻は昔から買い物が好きで、珍しいものや流行《はや》りのものを一早く手に入れては、お茶会で自慢していた。

武術に長《た》け、女性要人の警護をこなす実力がある彼女には、自由に趣味の買い物をしお茶会を開くことを許している。

「どうして……？」

妻が苦々しく呟《つぶや》く。

「思い当たる原因はあるのか？」

「ありませんわ」

「そうか。なら明日、私が確認に行こう。どこの店だ？」

そう声を掛けると、パッと美しい顔が明るくなった。

「本当ですの？　宝石商の『カスタル』、鞄《かばん》専門の『ジベル』、衣料店『セサミ』に靴屋の『アルファス』、化粧品店『オーザン』、それと……」

「待て、待ってくれ!!」

私は妻の声を遮《さえぎ》る。

どういうことだ⁉

「旦那様？」

「確認させてくれ。まさか、すべてアゼラン商会系列か？」

「そう、ですわね？　あの系列の店は品物が良いんです。どうかされました？」

彼女は首を傾《かし》げる。

おかしい。

私の身体は震え始めた。

ディスター・アゼラン《やつ》は我が家に恨みがあるのだろう。我が家を潰すつもりなのか？

妻には悪いが、これはすぐに解決できることではない。

私は早急に原因を調べることにした。

◇　◇　◇

春休みに入った。

お兄様がいつものニヤニヤ顔で仕事の話を聞きにくる。

「メニル。前に言っていたエスタニア産の真珠の事業はどうなってる？」

「順調よ。母さんとも契約を結べたし、ローゼルク国《こっち》での販売も軌道に乗りそう」

「じゃあ、大口の仕事を紹介してやる。明日、打ち合わせに行くから、あけておけ。婚約者も一緒に招待してやるんで、連絡しときな」

それだけ言うと、お兄様はさっさといなくなった。

次の日。わたしたちは王宮の応接室にいた。

これはどういうこと？

真正面にはこの国の第一王子である王太子殿下とその婚約者が座っている。

そしてラフィシアもいた。

何が起こってるの？

お兄様は締まりのない顔でニヤニヤ笑っていた。今日は制服ではなく、この場に見合う洒落《しゃれ》た服を着ているのに、勿体《もったい》ない、残念すぎる。

「なんでラフィがいるの？」

「マトリック。何も伝えてないのか？」

「この顔が見たくてな。王太子殿下は学園時代からの僕の親友なんだ。そして、ラフィシア嬢は殿下の関係者」

ニマニマするお兄様。

お兄様。あなたはドSですか？

知ってましたけれど。妹歴十六年ですから。でも、これは酷《ひど》いよね!? 後で全体重をかけて足を踏んでやりたい。

「メニル。アルベルト王太子殿下の婚約者はわたしのお姉様なの」

わたしに同情の眼差《まなざ》しを向けながら、ラフィシアが改めて説明してくれた。

アルベルト王太子殿下の婚約者はラフィシアのお姉様であるクラレス様だ。

「一年後の挙式の宝飾を、メニル嬢の扱っているお店に任せたい」

わたしに？

ラフィシアの話が終わると、王太子殿下がクラレス様に手を添えながら言った。

「お姉様は殊《こと》の外《ほか》、真珠が好きなのよ。なんでも殿下から初めていただいたアクセサリーが真珠だったそうなの」

「ラフィ！」

クラレス様は真っ赤な顔でラフィシアに突っかかる。可愛らしい方。

ラフィシアと同じ色の髪と瞳をされているけど、クラレス様のほうがおっとりしている。彼女たちは本当に仲の良い姉妹だった。

王太子殿下とも仲が良いようで、二人は優しい雰囲気を醸《かも》し出《だ》している。

「わたしの店でよろしいのですか？」

「ええ。あなたのことは妹から聞いてるわ。妹が話すのはあなたのことばかり。私もあなたに会ってみたかったの。しかも、マトリック先輩の妹というでしょ。アルベルト殿下もあなたのことをマトリック先輩から紹介されたというし、アゼラン商会の中でもやり手なんでしょう、是非《ぜひ》ともお願いしたいの」

お兄様を「先輩」呼びしたクラレス様は、王太子殿下とにっこりと微笑《ほほえ》まれた。

その笑顔を見れば誰もが陥落《かんらく》するだろう。

わたしは持ってきた山のようなカタログを侍女に頼んで隅《すみ》にどけてもらった。

「メニル？」

誰もがわたしの行動を疑問に思う。カタログなしの商談なんてあり得ないもの。

でも――

「では、お話ししませんか？　わたしはクラレス様のことをよく知りません。もっとクラレス様のこと、王太子様のことを教えていただけますか？　その上で、クラレス様の求めるものを考えていきましょう。最高の式にするために尽力いたします」

「メニル！」

ラフィシアが喜んでいる。

「じゃあ、お茶会ね」

ポンと手を打つ、クラレス様。それに王太子殿下が賛同した。

「そうだ。オルタとその婚約者も呼んでこよう。紹介の手間がなくなるしな」

オルタとは、第二王子殿下のこと？

嫌だな……会いたくない……

「メニル、眉間《みけん》に皺《しわ》」

うっ……

わたしは皺《しわ》を両手で伸ばす。

お兄様はニヤニヤからニマニマにその笑みを変えた。

「さてと、面白くなるぞ」

お兄様？？　何を企《たくら》んでるの？

しばらくすると扉がノックされ、第二王子殿下とその婚約者が部屋に入ってきた。

第二王子殿下の横にいるその人物を見て、わたしは勢い良く立ち上がる。お兄様を振り返ると、声を殺して笑っていた。

お兄様は知ってたの？

第二王子の婚約者は、わたしを見て口が開きっぱなしになる。

「メニー？」

「ブラナード殿下……」

「知り合いなのか？」

「僕たちは彼女をよく知ってるぞ」

王太子殿下とお兄様の声が耳を掠《かす》めたが、それどころではない。

『ブラナード様。お久しぶりです。いつご婚約をされたのですか？』

わたしはエスタニア語で挨拶《あいさつ》をした。

『先月よ。まだ、知らせてなかったわね。それよりメニー、敬語はなしよ。いつものように気軽に話して。ここで会えるなんて、嬉しいわ』

第二王子の婚約者――ブラナード様はわたしの手を取り、クルクルと回る。

彼女はエスタニア国の第一王女だ。

エスタニア国は女性優位な国なので、第三子でありながら第一王女であるブラナード様が、将来エスタニア国の女王になることが決まっている。

母さんのお祖母様が王女だった縁で、わたしは幼い頃から彼女と面識があった。同い年なのもあって仲が良く、エスタニア国に行く度に一緒に悪さをしたものだ。

一方、彼女の隣にいる第二王子殿下はわたしを見て顔色を変えている。

生徒会に誘った時のことを思い出したのかもしれない。

下級貴族だと馬鹿にしていたものね。

それが、一国の王女と知り合い。それだけでも、わたしの価値を認めざるを得ないだろう。

今更、自分の行動を後悔しても遅いですよ。まぁ、心中お察ししますけど。

『分かったわ。ブラナ、婚約おめでとう』

『ありがとう。メニーも良かったわね。カイル・ローゼンと婚約破棄できて。そちらの帝国の方と婚約し直したんですってね。おめでとう。わたくしの大事なメニーをよろしくね』

『お任せください。必ず彼女を幸せにします』

アルセスは拙《つたな》いエスタニア語で応えた。

少しぎこちない笑みを浮かべるアルセス。ブラナード様は満足そうだ。

第二王子殿下はエスタニア語を完璧には理解できていないと思うが、知っている単語を聞き取ったらしく、真っ白な域まで顔色が悪くなっている。

『どうしました？　オルタ様』

ブラナード様は高圧的だ。

その威圧。普通の人なら失神ものだろう。

王太子殿下、お兄様とわたし以外、みんなビクビクしている。

「ブラナード様……。ローゼルク語で話を……」

声を震わせた第二王子殿下を、彼女は見下すように眺めた。

「オルタ様。エスタニア語くらい完璧にしてくださいませ。あなたは私の王配になるのですよ。メニルはエスタニア語の他に、海向こうのスフィアニア国語も話せますわ。あなたもそのくらいはできるようにしっかり学んでくださらないと。根拠もないくだらない噂を真に受ける時間はありませんわ。まぁ、できないと言うなら、私の横で静かに座っていてください」

第二王子は震えている。生まれたての子鹿のように、ぷるぷると。

「ぼ、ぼくは……」

『わたくしたちのために再勉強が必要でしょうね。じっくりと愛を育《はぐく》んでいきましょう。相互理解が必要ですものね』

ブラナード様は人差し指を口元に当て、蠱惑的《こわくてき》な笑みを浮かべた。

「そう、手始めに悪役令嬢についてでもゆっくりと語り合いましょうか？」

「それはいいですね。良かったな、オルタ。しっかりと話してこい。ブラナード殿下、弟をよろしくお願いします」

王太子殿下がブラナード様の話に乗っかる。

わたしは第二王子が可哀想になった。

「あれ～。思ったのと違う」

お兄様が小さな声でそう言う。

どんなことを想像していたのか、聞く気にはなれない。

その後、わたしたちは楽しいお茶会をした。

――第二王子を除いて。

◆ ◆ ◆ 第二王子の話

僕は目の前の二人を見た。

いつもと変わらず、彼らは真面目に生徒会の仕事をこなしている。

ここではけじめをつけているのか、二人の世界に入るなんてことはない。

二人とも優秀だ。

カイルは騎士に転籍して学科の成績は落ちたものの、剣技に関しては上位でいる。マリー嬢も学年二位の地位を死守していた。

勿論《もちろん》、今までの一位はこの僕、オルタ・ローゼルク。

しかし、今期からはそうもいかなくなる。

彼女――メニル・アゼラン子爵令嬢が現れた。彼女は主席入学のうえ、三年に飛び級してきたのだ。

ここまで優秀だとは思っていなかった。

僕は先月、エスタニア国のブラナード殿下と婚約した。

彼女はエスタニア国の次期女王。自分はその王配になれるのだと喜んでいた。

だが、その認識は間違っていた。

僕は、売られたのだ。

ブラナード殿下はあのメニル・アゼラン子爵令嬢と親しい。

生徒会入りの打診を断った、あの彼女。

僕はとある噂を知っていたからこそ、あの時、辞退してくれたことを喜んだ。

――アゼラン子爵令嬢は愛人の子ども。

それを理由に、僕は彼女を軽蔑《けいべつ》していた。

だが彼女が流暢《りゅうちょう》なエスタニア語を話すのを見て確信する。

――アゼラン子爵令嬢の母親はエスタニア国のサセルシャス公爵家の娘、エルマである。

彼女にあるもう一つの噂話。それも本当だったということだ。

そしてブラナード殿下の言葉。

エスタニア語だったためすべては聞き取れなかったが、【カイル・ローゼン】と【婚約破棄】は耳に入った。

まさか、なのか？

カイル、何故《なぜ》言わなかった。

いや、すべてを鵜呑《うの》みにした僕がいけないのだ。君を信用して裏付けを取ろうとしなかった僕が愚かだった。

こうなると少なくとも、アゼラン子爵令嬢は噂の悪役令嬢のような悪事を働く理由がないことになる。

「――カイル。例の婚約はどうなっているんだ」

「まだ、相手が解消に応じてくれません。商会の力を盾に実家に圧力をかけてきているそうです。でも、もう少しです。殿下、もし我が家が不利になった時は、助けていただけますか？」

カイル、お前……

「婚約者の身分は？」

「子爵、ですが、どうしました？」

「そうか。無事に婚約を破棄できるといいな」

残念だよ、カイル。

王子の僕に嘘をつくとは。

君がそんなに愚か者とは思わなかった。もうこれは犯罪の域だ。分かっているのかな？

どうやって君たちを切ろうか。

僕も自分の命は惜しい。

あの後、こんこんとブラナード殿下に悪役令嬢について説教されたんだ。怖かったよ。

父上も兄上も、僕に期待するのをやめていた。

ただ、僕がエスタニア国に行けば、関税を撤廃してくれるそうだ。

あの国での自由は、僕にはないだろう。

性に対してエスタニア国は緩《ゆる》い。女王も男妾を持てる。つまり、王配など形だけだ。有能な男妾が現われでもすれば、僕に価値はなくなる。そうなれば一生、離宮から出られないだろう。

ブラナード殿下、いや、エスタニア王家の怒りをこれ以上買わないようにしなければならない。

きちんとカイルが真実を話してくれたなら、まずい事態になっていることを君に教えようと思っていたんだけど、もう必要ないね。

カイル、マリー嬢、今までありがとう。

君たちのことは、忘れるよ。

◆◆◆　マリーの父の話　その2

約束の三ケ月が近づいてきても、何一つ分からなかった。

いくら調べても何も出てこない。

私も妻もディスター・アゼランの怒りを買うようなことは一切していなかった。

何一つ手を打てないうちにディスターが職場にやってくる。

彼の不気味な笑顔の下に何が隠れているのか、私には想像できない。

「理由は分かりましたかね？」

開口一番の言葉がそれだ。

「全く分かりません」

正直に答える。

虚勢を張りたいところだが、買い物ができない妻はイライラし、ここしばらく夫婦喧嘩《げんか》が絶えない。家に帰りたくないのに、帰らなくては妻がますますイライラするだろう。

娘も妻が不機嫌だからか、部屋から出てこない。食事時に顔を見せても、おどおどと人の顔色を窺《うかが》っては俯《うつむ》く。暗くてかなわない。

私はこんな毎日に嫌気がさしている。

いつもの妻に戻ってもらうためにも、私は下手に出るしかなくなっていた。

「残念ですなぁ。何一つ調べられないとは」

綺麗に剃《そ》った顎《あご》を撫《な》でながら、彼が言う。

こんな奴に媚《こ》びなければならないのか。

我が家は伯爵家であり、奴はたかが子爵でしかない。

我らが騎士がいるからこそ、街の、いや国の安全が保たれているのだ。一介の商人に大きな顔をされるいわれはない。

イライラが増す。

「独り言ですが、私も仕事で外を飛び回っていまして、子どもたちに構ってやることがあまりできません。それでも、会える時は顔を見て会話するようにしております」

奴が家族の自慢をする。こんな時に何を言っているのだ。

「アゼラン子爵。家族のことより契約の話をしてくれ」

「……。そうですか」

奴は眉を寄せ、ため息をついた。

何故《なぜ》ため息をつく!?

「以前の話と変わりませんよ」

「なっ……」

「私を怒らせた理由が分からない？　その時点で話は終わりです。温情で三ヶ月という期間を設けましたが、無駄だったようですね」

「だから、理由を聞いている!!」

「信用第一だと申し上げたはず。貴殿は信用に値しなかった、ただそれだけです。我が家はしがない子爵ですが、うちの実力は知っているだろうと思っていました。貴殿は伯爵、調べ方はいくらでもあったでしょう。ヒントは与えましたよ。でも、貴殿は己のことばかりで周りに目を向けない愚鈍者です」

愚鈍？　私を愚鈍と言うのか？

私はギリギリと拳《こぶし》を握りしめた。殴りかかりたいのを必死に抑える。

「あと数ヶ月もすればすべてが白日のもとに晒《さら》されるでしょう。その時、自分の愚かさを知ればよろしい。それまでせいぜい今の地位をお楽しみください」

彼のぞっとする笑みが印象に残る。

私はいつ彼が去ったかも知らないほど、恐怖で固まっていた。

◆◆◆　エミリアの話　その1

私の名前はエミリア・エヴァント。伯爵家の娘です。

三年生の新学期が始まり、クラスに新しい生徒が入りました。

ラフィシア・エプトン公爵令嬢とメニル・アゼラン子爵令嬢の二人。一年生から三年生に飛び級したそうです。

お二人とも、学園では有名でした。ラフィシア様はお姉様が王太子殿下の婚約者です。メニル様はアゼラン商会の娘。あのアゼラン商会です。

是非《ぜひ》ともお近づきになりたいお二人ですね。

一方で、問題のある方も同じクラスにいます。その名はマリー・エルファ伯爵令嬢。

彼女とは入学時から一緒です。

この方も生徒会に入っているほど、優秀ではあります。見た目も綺麗だし、性格も優しいことは優しいです。

でも、彼女は婚約者のいる男性と付き合っているのです。

入学してから日が経つにつれ、彼女の問題がだんだん明らかになりました。

彼女は頭の中がお花畑なのです。夢だけを追いかけ、精神が幼い少女のようでした。

勉学においては優秀でも、一般的な常識が欠落しているのです。

そして、他人の気持ちに疎《うと》い。

自分本意で、他人からの愛情に飢えているように見えます。自分に向けられる好意には敏感ですぐに受け入れるのに、悪意や嫌悪、敵意は無視。気づいていない……いえ、気づかないふりをしているのです。

見ていてイライラします。

けれど、男性にはそこが魅力に思えるのでしょう。

カイル様もきっと、その一人なのでしょう。

真実の愛？

ふざけています。

特に、婚約者を持つ女子からすれば、あの二人は最低な人間としか思えません。

それに気づかないマリー様。

彼女は親しいご友人がいないので、その状況を教える方もいない。

クラスの女子は陰でヒソヒソと笑い、彼女を蔑《さげす》んでいます。そして、低次元な虐《いじ》めを始めました。

かく言う私もその一人です。

自分たちのしていることが問題にならないように、私たちは悪役令嬢の名前を利用しています。

マリー様の父親と兄は騎士、母親も王妃様のお知り合い。そんな家から憎まれては家の存亡に関わります。

ですから、誰も見たことのないカイル様の婚約者に罪を被せたのです。

彼女なら今更評価が落ちても関係ないでしょう。

彼女の家は子爵なのだから、どうにでもなります。私たちのほうが格上なのですから。

いざとなれば、新しい結婚相手でも紹介してあげればよろしいでしょう。

それくらい噂の悪役令嬢は私たちにとって都合が良かったのです。


そして、私は新しく来たラフィシア様とメニル様に近づきました。

折角《せっかく》なのだから、マリー様のことを知ってもらいましょう。

あわよくば、私たちの仲間になってもらえないでしょうか？　一連托生《いちれんたくしょう》となれば心強く感じます。

「ラフィシア様とメニル様も、マリー様への制裁に加わりませんか？　気分がすっきりしますわよ」

そんなふうに誘った私に、お二人は眉を寄せました。

そんな顔をしないでください。初めは抵抗があるかもしれませんが、次第に心地よくなりますよ。

「結構よ。そんなに悪趣味ではありませんもの」

「そんなことをして、ご自分で責任を取れるのですか？」

お二人は聖人君子気取りでしょうか？

仕方ありません。強要はできませんから、今は引きましょう。

「………そうですか。もし気が変わりましたら、お声かけください」

それにしても、メニル様の言葉が少し心に引っかかります。

自分で責任を取る？

大丈夫ですよ。バレておりませんもの。

さて、今日はどう虐《いじ》めましょうか。

私は笑いながら友達と計画を立て始めました。

◇◇◇

春も半ばを過ぎた頃。

そろそろ休み前にあるテストの準備を始める季節になった。

けれどわたしは毎日、彼らの姿を追いかけている。

お気楽な二人を見ると、呆《あき》れてしまう。

まだ、自分たちの置かれた状況に気づいていないのだからすごい。

ある意味、感心する。

お父様とお兄様はケタケタ笑いながら、いつ彼らが気づくか賭け始めた。

そんな昼休み。ガゼボでラフィシアと話していると、アルセスがやってきた。

外で昼食をとるのにはいい天気で、机にお弁当を広げ、いつものように三人で食べる。

「アルセス。怪我は大丈夫？」

擦《す》り傷《きず》だらけの彼に聞く。

「三年になると、きつい。騎士科の実技は洒落《しゃれ》にならない」

大変そう。

わたしは持参していた傷薬を塗ってあげる。

「はいはい、イチャイチャはわたしのいないとこでしてね」

「ラフィ。そう言うあなただってお兄様といい感じじゃない？」

なんと王城で会って以来、ラフィシアとお兄様が良い雰囲気なのだ。身分差はあるけれど、わたしは応援している。

ラフィシアを「お姉様」と呼びたい。お兄様なら、ラフィシアを幸せにできると信じている。

「メニル!!」

真っ赤な顔をして怒るラフィシアは可愛かった。

その時、不意に、食堂あたりから騒がしい声が聞こえてきた。

嫌な予感がする。

机の上を片付けて、わたしたちはそちらに向かう。

そこにはカイル様とマリー様がいた。

「どういうことだ、メニー！」

はいっ？　えっ？　どういうこと？

彼らの前には赤毛のぽっちゃり気味の女生徒がいる。カイル様はその女生徒を問《と》い詰《つ》めていた。

「今までマリーをさんざん虐《いじ》めておいて、知りませんだ？　いい加減にしろ、醜悪《しゅうあく》な女が」

「あなた、誰ですの？　わたしには婚約者などおりません。そちらの方も知りませんわ」

「まだ、そんなことを！　お前とは婚約破棄だ！」

ひぃっ！　なんで、そうも強気でいられるの？　何故《なぜ》、その方につっかかったの⁉

「メニル？」

「あぁ、やらかしたわ」

見ていられず、わたしは顔を覆《おお》った。

「メニル。彼女を知ってるのか？」

「彼女はメニエル・ロバース伯爵令嬢。騎士装備専門の商会をしてるロバース商会の一人娘よ。……マリー様、終わったわね」

「なんで、今なの？」

入学時ならいざ知らず、春も半ばになったこの季節に？　と言いたいのだろう。ラフィシアが呟《つぶや》く。

「カイル、やめろ！」

騒ぎを聞きつけたのか、第二王子殿下が駆けつけてきた。

「何をしている！」

「殿下。悪役令嬢に、マリーにしてきたことを問いただしただけです」

お願いだから、やめて!!

事情を察したらしい殿下は、冷静に言った。

「カイル。お前の『悪役令嬢』は子爵家だろう？　彼女は伯爵令嬢だ。……はぁ、カイル、マリー嬢。生徒会から退会してもらう。お前のしていた話は根拠のないものだと、たった今、証明された。そんな者を生徒会には置いておけない」

「殿下!?」

「カイル、家に帰り、きちんと現状を把握《はあく》しろ。僕はもう、お前を信用できない。マリー嬢、君もだ。現実を見るんだ」

第二王子殿下はカイル様の顔を見ることなく、その場を立ち去る。

すれ違いざまにわたしを見て、目礼だけした。

「わたしも、お父様に知らせないと……」

「一緒に行くよ」

ふらつくわたしをアルセスが支えてくれた。

◆　◆　◆　マリーの父の話　その3

大きな入道雲が空を覆《おお》い、今にも雨を降らそうとしていたその日。

ロバース伯爵が仕事場にいる私に面会を求めてきた。

アゼラン商会の代わりとなる商店をやっと見つけ、落ち着いた矢先のことだ。

ロバース商会は騎士団の装具、馬具などを扱っている商会である。

アゼラン商会と同じく、付き合いは長い。

彼を見て、私はディスター・アゼラン子爵と同じ人種だと感じた。

商人とはこんな奴らばかりなのか？

「あなた方が我が娘を侮辱《ぶじょく》したことがどうしても許せませんでな」

挨拶《あいさつ》をすることなく、私を見るなりそう口にする。

娘？

確かに彼には一人娘がいたが、どうしてその話が出るのだ。

「おや？　聞いておりませんか？　今日の学園での出来事ですがね？」

「まだ学園の情報は入ってきませんので」

私はから笑いをする。ロバース伯爵は笑みを含まない鋭い眼差《まなざ》しをこちらに向けた。

「残念ですね。あなたのお嬢さんが起こしたことですよ。今頃、どの家庭でもその話で持ちきりでしょうに」

娘？　マリーが？

「お嬢さんがとても親しくされている男性が、娘に言いがかりをつけたのですよ」

「親しいだけでしょう？　娘は関係ないと思います」

「その時、お嬢さんもくっつくようにして隣にいたと聞きましたが？」

親しい？　くっつく？　そんな男がいるのか？

聞いたことはない。

「噂になるくらい親しい間柄だそうじゃないですか。父親なのに知らないのですか？　娘は大勢の生徒の前で、学園で流行《はや》りの悪役令嬢はお前だと言われたのですよ。本当にご存じではないのですか？」

人を馬鹿にしたような口調。冷や汗が出る。

「娘を罵《ののし》った男には婚約者がいたそうですよ。その婚約者が悪役令嬢なんだそうです。もっとも既《すで》にその婚約は破棄されているようですが、あなたの娘とその男はいつからそういう関係だったのでしょうね」

マリー、マリー、マリー。

私はたまらず俯《うつむ》く。

「婚約者のいる男と付き合うお嬢さんですか……。騎士団長の娘さんでしょうに、倫理に反する行いをするとは、どんな教育をされたのか疑わしいですね」

怒りで震える手を握りしめた。恥ずかしさで頭が上がらない。

「まあ過ぎたことは仕方ない、この話は終わりにしましょう。ここからが本題です。我が商会との関係はこれまでだと思ってください」

「待ってくれ。ちゃんと、話し合いを！」

「信用第一の世界ですよ。お嬢さんの行いを知らないような方が長の組織とはやっていけません」

彼は立ち上がり扉に向かった。ドアノブに手をかけたところで、こちらを振り向く。

「そうそう、一つだけあなたに感謝していることがありますよ。この件でアゼラン商会と面識を得ました。では、失礼」

パタンと扉が閉まった。

アゼラン商会。

またしても、その名前が出た。

これはもう偶然ではないだろう。

マリー、お前は……

私は急いで家に帰る。仕事どころではない。

「マリー」

真っすぐに娘の部屋に飛び込むと、娘は布団を被り震えて泣いていた。

こんな娘は初めて見る。

「マリー。お前……」

「お父様……。ごめんなさい。私、生徒会役員を退任させられたの。良い子じゃなくてごめんなさい」

「そんなこと今はいい。それより、親しい男がいるのか？」

娘は生徒会の話ではないと分かると、布団から顔を出して明るい表情を見せた。

「カイルのことね。カイル・ローゼン様よ。ローゼン伯爵のご子息なの」

「彼には婚約者がいたのか？　それを知っていたのに付き合ったのか？」

「悪役令嬢なの。醜悪《しゅうあく》な人だって、彼も言ってたわ。すごく嫌な人みたいなの」

当たり前のように語る娘。

マリー、自分の言っていることが分かっているのか？

お前は他人の婚約者を奪ったんだぞ。それは道徳的に許されない行為だ。

娘のおかしさに初めて気づく。

だが今は、娘のおかしさを気にするより、事実を確認しなければならない。

「その悪役令嬢には会ったことはあるのか？」

「ないわ。でも、クラスの女の子を使って嫌がらせしてくるの。酷《ひど》いのよ。だから今日ね、カイルが彼女に婚約破棄をつきつけてくれたの。あとね、カイルはあのアゼラン商会とも懇意《こんい》にしてるみたいでね、私、お店を任せてもらってるの」

嬉しそうに喋《しゃべ》るマリー。

その口から出たアゼラン商会の言葉……

間違いない。

「マリー、お前はなんてことを……」

「お父様……？」

「お前……」

「怒るの？　誉めてはくれないの？」

「マリー？」

「私を見てくれないの？　私は何？　お父様にとってわたしはいらない子なの？」

マリー？

娘はしおしおと俯《うつむ》いて、いつものマリーに戻る。

混乱する。

私には娘が分からない。

「カイルはね。ちゃんと私を見てくれるの。愛してくれるの。お父様も彼に会ってみて。私のために騎士科に転籍してくれたのよ。絶対にお父様も気に入るから」

待て。待ってくれ。どうして、そんな話になるのだ？

「……やっぱりお父様も私が嫌いなの？　もういいわ。出ていって。お父様なんて嫌い」

娘は私に枕を投げつける。

腕力がないので当たっても痛くも痒《かゆ》くもないはずなのに、何故《なぜ》か胸が痛い。

私はよろよろと部屋を出た。


次の朝早く、私は馬を駆け神殿に向かった。

勿論《もちろん》、確認のためだ。

早朝に門を叩《たた》いたせいで神官に嫌な顔をされたが、気にしてはいられない。

アゼラン商会の娘の婚約証明書を見せてもらう。

やはり、そうだった。

証明書にはあの男の娘の名前と、マリーが言っていた男の名前が書かれている。だが既《すで》にその婚約は破棄されていた。

私はたまらず膝《ひざ》をつく。口元が引《ひ》き攣《つ》った。

立ち会いの神官が「大丈夫ですか？」と気を遣ってくれたが、思わずその手を払ってしまう。

幼い娘を思い出す。

娘は騎士の一族の中で生きるには弱すぎた。

血を見ただけで泣き出し、剣を持たせようとすれば逃げ隠れるのだ。

だから、荒事のない所に身を置いてもらおうと決めた。

だがそれは同時に、騎士である自分のそばから遠ざけることであり、無干渉の対象となった。

妻も娘を見ていなかった。

昨晩、妻と話し合ったが、彼女は娘の日常を何も知らないという。自分の趣味にのめり込み、子育てなどしていなかったのだ。

私たちは娘のことを何も知らない。表面だけを見ていた。

愛情をかけず、あの子を独りぼっちにしていたのだ。

だから、こんなことになってしまったのか？　これからどうすればいい？

今からでも、ディスター・アゼランに謝りに行く……いや、駄目だ。もう遅い。三ヶ月の猶予期間を私は無駄にしてしまった。

先に見えるのは、破滅だけ。

覚悟を決めるしかないのかもしれない。


屋敷に帰ると、あの男――ディスター・アゼランが応接室で待っていた。

先触れさえないとは、私が逃げるとでも思ったのか……

横には、よく似た若者が座っている。

「昨日は大変だったようですな」

やはり、何が起こったのかを知っているのだろう。

「今日ここへ伺ったのは慰謝料のことです」

慰謝料？　我が家が払うのか？

「やっと、お嬢さんのやらかしがご理解できましたかな？」

そうか、迷惑料か。商売人は汚くてかなわない。

「何故《なぜ》、我が家なんですか？　元婚約者に話をするのが筋なのでは？」

「あちらとは既《すで》に話がついています。でも、裏切り行為は一人で行われたわけではない。お嬢さんにはしっかりと払っていただかなくては」

「本人に払わせる」

こうなれば、娘は切るしかない。

我が家のためには無能な者を切り捨てなければ。

すると彼は、口の端をぐいっと上げて笑った。

「見捨てるのですか、ご自分の娘を？」

それがどうした？

後ろめたさはあるが、覚悟を決めたのだ。私は自分を、妻を、息子を護《まも》る。

「——今更切り捨てても、意味はありませんよ」

その時、横にいる若者が鞄《かばん》の中から紙束を出した。

「証拠を揃えるのに苦労しましたよ」

「時間をかけすぎだ」

「すみません。父さん。巧妙に隠されていたため、裏を取るのが大変だったんです」

『父さん』ということは、やはり若者はディスターの息子か……

私は自分の息子を思う。近衛《このえ》騎士として普段は王宮の寮にいて、滅多に帰ってこない。おかげでしばらく会えていなかった。元気にしているのか……

思いに耽《ふけ》るもののすぐに現実に戻り、書類を手に取った。

これは……

私は目を疑う。

「不正の証《あかし》です」

男の息子がすっと目を細め、こちらを見た。

それさえ気にもとめず、私はページを捲《めく》っていく。数字や経理に弱い私でも分かる。

書類は城内で働く騎士団たちが使う備品の発注書だった。発注数と納入数が違っていたり、品物の名称が異なっていたりしている、杜撰《ずさん》なものだ。

しかも、品物によっては騎士団で決めている商会を使っていない。品質に問題があることで有名な商会との取引もあった。

要は、リベートを受け取っているのではないかと思われる。

発注者は……息子の名前だ。

「王太子殿下からの依頼でずっと探ってましてね、やっと証拠が手に入りました」

「息子じゃない！　きっと騙《だま》されているんだ!!」

何かの間違いだ！　息子がそんなことするわけがない。

「さっき、この悪事のやり口を巧妙だと言いましたよね。彼は騙《だま》されていたのではなく、騙《だま》す側でしたよ。沢山《たくさん》の捨て駒がいたので、辿《たど》り着《つ》くのに時間がかかりました」

「我が家に恨みでもあるのか！」

「失礼ですね、これが僕の仕事なんです。王宮の経理の仕事をしていますが、王太子殿下の命令で内密に監査も受け持っているんですよ。息子のしでかしを知るのは親の義務だと思いますが？」

監査……だと。

仕事と言われれば反論のしようもない。

「これについては、昨日のうちに王太子殿下に報告済みです。彼と共犯にあった者は既《すで》に捕まって地下牢にいます」

そんな。おしまいではないか。我が家はもう……

「あと、奥様のことで」

まだあるのか？

ディスターがふんぞりかえるようにして私を見た。

「身に覚えはないと仰《おっしゃ》っていたが、あなたの奥様は我が商会のブラックリストに入っています」

「何？」

声が妙に高くなる。

まさか、妻も不正を？

ガクガク身体が震え出した。冷たい汗が背中に伝う。

「金銭の未支払いではありませんよ。ただね、店員への暴言、商品の買い占め、他の客に対する脅《おど》し。我が商会が迷惑を被《こうむ》ることを多数していましてね。近々訴えることになっています」

私は上辺しか調べていなかった。妻の言うことを信じるのではなかった……

「脳筋もここまでくると救いようがないですな。子どもの教育どころか妻の管理もまともにできないとは」

すっと机の上に三枚の紙が出される。

どれも数字のゼロが異様に多い。

「慰謝料です。一枚はロバース商会から預かってきました」

なっ！　こんな金額払えるわけがない！

「我が娘を悪役令嬢に仕立てたこと、婚約を破棄に至らしめたこと、うちの金で買ったプレゼントを貰《もら》ったこともすべて詳細に書いてますので、ゆっくりとご覧ください」

「この先仕事がなくなるでしょうから、充分な時間ができますよ」

仕事……

「まさか、何事もなかったように今の仕事を続けられるとは思っていませんよね」

意図せず、騎士道であるはずの誠実と高潔、礼節を私は穢《けが》したのだ。

愕然《がくぜん》とする。

「息子さんの保釈金の相談には乗りますよ。慰謝料を返済するためには今後の働き口が必要でしょうし。仕事先を斡旋《あっせん》しますので、いつでもご相談くださいね」

悪魔が囁《ささや》く。

私のこれからはこの悪魔の手の内にあるのだろう。

もう力なく笑うしかなかった。

◆　◆　◆　マリーの母の話

――何が起こったのか、理解ができませんでした。

私、カレン・エルファは何故《なぜ》こんなところにいるのでしょうか？

ほんの一週間ほど前のことです。

以前から親しくさせていただいている侯爵夫人の夜会に行くと、すべての方々から白い目を向けられました。

扇子《せんす》で口元を隠し、私を見てはヒソヒソと語らっている皆様。

いつもならすぐに私にすり寄ってくる方々も、この日は来ません。

どうしてかしらと思いながら、私は澄ました顔で立っていました。

私は社交会で一目置かれているのです。最先端のドレスと宝飾を身にまとい、流行《はや》りのものを一早く手に入れては紹介するのですから。

王妃様も私の話を楽しく聞いてくださいます。

私は素晴らしい人間。伯爵位というのが多少不満な程度で、恵まれた日々を過ごしているのです。

なのに――

「タナーシャ、待って!!」

わざと私を避けるような態度を取る幼馴染《おさななじみ》のタナーシャを捕まえました。

「カレン、離して」

「待って、タナーシャ。おかしいのよ」

タナーシャは私の手を振り払います。

「カレン！　あなた、知らないの？」

「何を？」

そして、タナーシャは重いため息をついて、私を見ました。

「どこまで自分の子どもに無関心なのよ？　幼馴染《おさななじみ》のよしみでこれまでにも何度か忠告したはずよね」

「あなたに関係ないでしょう？」

「何言ってるの？　あなたの娘がやらかしたのよ。なのに、のほほんとした顔で公《おおやけ》の場所に現れて、どういうつもり？　馬鹿なの！」

「娘？　マリーのこと？　あの子が何かしたの？」

そう聞くと、タナーシャは眉を思いっきりひそめました。

害虫でも見るかのように私を見ます。

「ロバース伯爵のご令嬢に罵声《ばせい》を浴びせたのよ。あなたの娘が懇意《こんい》にしてる男がね。あなた、本当に何にも知らないの？　既《すで》に社交界中に知れ渡っているくらいなのに。ちょうどいいわ、カレン。今後はわたしに声を掛けないでちょうだい。あんたとはこれまでよ」

「タナーシャ!?」

「ロバース商会やアゼラン商会とは仲違《なかたが》いしたくないの!!」

「旦那様に言うわよ」

そう言って脅《おど》かすと、タナーシャはあざ笑うように私を見ました。

「権力で従わせるって言うの？　あんたの旦那ができるわけないでしょう。自分とあんたのことしか目に入ってない、仕事一辺倒の馬鹿男に何ができるのよ？」

私は目の奥がカッと熱くなるのを感じました。

「タナーシャ、あなたっ!!」

「怒る前に自分の身の振り方を気にしたほうがいいんじゃない？　じゃあね」

タナーシャはドレスを翻《ひるがえ》して去っていきます。その後も、誰も近づいてきません。

ですが、ひそひそ声は耳に入ります。

「ロバース伯爵の令嬢に婚約破棄をつきつけたんだって？」

「まだ、彼女には婚約者なんていなかったわよね？」

「その男には付き合っている女性がいたみたいって、まさか？」

「不貞《ふてい》？」

「いつから？」

「あの方の令嬢が入学してからだそうよ」

「今、三年生よね？」

「まさか知らなかったの？」

「公認じゃないの？」

「ロバース伯爵の令嬢のことを悪役令嬢だと罵《ののし》ったらしいわ。娘が聞いたの」

「最悪ね」

「ほら、あそこでロバース伯爵夫人が泣いてるわよ」

「謝りにも行かないなんて、どんな神経してるのかしら」

「面の皮が厚いのでしょうね」

「厚化粧だけに？」

「ふふっ」

耐えられず、私は屋敷に帰りました。

すぐさまマリーの部屋の扉を叩《たた》きます。けれど鍵がかかっていて開きません。

「マリー!!」

中からの返答もありませんでした。

仕方なく旦那様を問い詰《とつ》めると、彼は顔を真っ青にします。

「カレン、君はマリーに何を教えてたんだ？」

何って……？

「家庭教師をつけておりますので、その者に聞いてください」

「君はマリーの男関係について知ってたか？」

「知りませんわ。今日の夜会で知って私がどれだけ恥をかいたか。何故《なぜ》、誰も教えてくれなかったの？」

私は使用人たちを見回します。

全員俯《うつむ》き、目を合わせようとしません。

そんな中、執事が一歩前に出ました。

「失礼を承知で申し上げます。わたくしどもは幾度もお二人にお話ししようといたしました。ですが、いつも『今は忙しいから後で聞く』と申され……」

それは忙しい時に言おうとするからでしょう。私の責任ではないはずです。

「いつならお時間を頂けたのでしょうか？　旦那様は仕事で滅多にお帰りにならず、ご在宅の時は『仕事がある』『貴重な休みを邪魔するな』とおっしゃる。奥様はお茶会に夜会。『王妃様の護衛だから』『昼まで寝るから起こさないで』『ドレスを買いに行く』『私には関係ない』と申されるばかりでした。いつならわたくしども……、いえ、お嬢様のお話を聞いていただけたのでしょうか？　お嬢様はわたくしどもの娘ではありません。旦那様と奥様のお子様ですので、わたくしどもは従うしかないのです」

何、この言い方？　人を馬鹿にして。

気分が悪くなった私は、その場を後にしました。

次の朝。

私は一通の手紙を受け取りました。

王妃様からで、内容は……『護衛役を解雇する』というものです。

どうして、急に解雇？

急いで王宮に赴《おもむ》いたものの、門前払いされました。

けれどしつこく粘《ねば》り、なんとか中に通してもらいます。

すると、騎士がよく使う客室に通されました。

訳が分かりません。

昨日までは華やかな貴賓室に通されていたのに、これはどういうことなのでしょうか？

しばらくして出てきたのは、王妃様ではなく、王太子殿下でした。

王妃様に似た美しい方。

だが、その眼差《まなざ》しは蛇のようです。

「母上は会わない。非礼にも、よく王宮に来られたものだな？」

「王妃様に会わせてください。何故《なぜ》、急に護衛を解雇になるのですか？　理由を……」

「昨日の話が知れ渡っている、エルファ伯爵夫人。昨日の夜会にロバース伯爵夫人がいたにもかかわらず、謝りもしなかったと聞いた。無関心とはいえ子どもが起こした非礼を謝りもしない？　そんな非常識な人間を王族のそばに置いておけるわけがないだろう？」

その強い眼光に、ガタガタと身体が震えました。

恐怖で、自分がちっぽけな蛙《かえる》になったような気がします。

それからどうやって帰ってきたのか覚えていません。気づけば自分の屋敷にいました。

応接室の前を通ると、中から旦那様と中年の男性、青年らしき声が聞こえます。

その話を聞いて、足が止まりました。

慰謝料？　息子の……あの子が不正？

理解ができません。頭が追いつきませんでした。

聞こえているはずの声が遠くなり、エコーがかかります。

その時、不意に扉が開きました。

光の中に浮かぶ黒い人影。

悪魔が現れたのかしら？

その口元だけが、何故《なぜ》かはっきりと見えました。

「奥様もお待ちしてます」と。


——そして私は今、高級娼館にいます。

自分が働くと共に、ここにいる女性たちにメイクや礼儀作法を教えているのです。話の盛り上げ方も。

自分の得意だったことが、こんなところで生かされることになるとは、思いもよりませんでした。

皮肉ですね。

何故《なぜ》、こんなことになったのか、誰もまだ教えてくれません——

◆　◆　◆　カイルの話　その2

何故《なぜ》、僕が生徒会を辞めなければならないのだ。

最近、殿下の様子がおかしいとは思っていた。顔を見ることも名前を呼ばれることも極端に減ったのだ。

そして今日、生徒会の退会を求めた殿下の顔は何故《なぜ》か喜んでいるように見えた。

前々から辞めさせる気だったのだ。

期待に応えようと頑張ったのに。

フラフラと自分の王都の家に帰ると、応接室にヘル兄さんとマトリックさん、メニーの父さんがいる。

何故《なぜ》、僕がいないのに、我が物顔で優雅にお茶を飲んでいるのだ？

今、この屋敷を管理しているのはこの僕だ。

メイドたちは何をしている。

最近、新しく入ったメイドたちは僕の言うことを聞かない。職務怠慢だろう。

メニーを問《と》い詰《つ》めただけでこんな目にあった日に、彼らの相手までしなければならないのか？

嫌なことは忘れてゆっくりしようと思っていたのに……

「遅かったな。メニルからの手紙を読んで、わざわざ来てやったのに」

「仕事でたまたま王都に出ただけでしょう？　ヘルもちょうどよく来てたおかげで、こうして会えた」

　マトリックさんは何を言っている。

「まあいい。メニーとの婚約破棄の手続きは既《すで》に終わっているぞ」

「えっ？」

「良かったなぁ。破棄したかったんだろう。もう婚約者ではない」

「ほ、本当ですか？」

「うん、本当だ」

　おじさんが爽《さわ》やかに言った。思いがけない言葉に嬉しくなる。

　そうか、婚約破棄できたんだ。マリーといられる！

「それで、だ。婚約破棄になったからには、慰謝料と、お前に預けた店の金を返してもらおうと思って、その話をしに来たんだ」

　慰謝料？

　喜びの気持ちが急に冷めた。

「何を驚く。当然だろ？　お前はメニーでなく、他の女を選んだのだからな」

「メニーが彼女を、マリーを虐《いじ》めたのですよ。そちらの責任では？」

「いつ？」

　えっ？

「どこで？　どうやって、メニーがそんなことをするんだい？　証拠は？」

おじさんは葉巻の先を落として咥《くわ》えると、火をつけた。

兄さんもマトリックさんも冷たい目で僕を見る。

「それは……」

言えるわけがない。もとは僕が作りだした虚像なのだから。

でも、悪役令嬢がマリーを虐《いじ》めているのは本当だ。メニーがしたという証拠はないが。

「メニーの学園入学さえ覚えていないような奴が何を言っている？　既《すで》に入学してるんだぞ。メニーの手紙はどうした？　読んだのか？　メニーに入学祝いのプレゼントはしたのか？　誕生日の祝いは贈ったのか？　十六歳になれば、婚約のお披露目を大々的にする予定さえ忘れていた奴が、メニーの何を知っている？　学園に入るまで領地で仕事してた者がどうやってそんなことができると思っているんだ。メニーを傷つけたのだから、慰謝料を貰《もら》うのは当然だろう」

それは……

「それに、例の店は既《すで》にメニーが管理している。人が見ていないからと好き勝手してくれたな。横《おう》領《りょう》だぞ」

「横領《おうりょう》なんてしてない。あれは妥当な支払いです」

「お前は馬鹿か？　金勘定だけが経営ではないぞ。店を回してこそ経営だ、お前はそれさえしなかっただろう。あまつさえ、他所《よそ》の女に店を任そうとした。巫山戯《ふざけ》るのも大概《たいがい》にしろ」

葉巻が薫《かお》る。白い煙が鼻腔を刺激し、咳《せき》が出た。

「金はきちんと清算してもらう。お前の両親もヘルも、もうお前に関わらない。学費や生活資金は私が貸し付けてやるから学園をきちんと卒業して、うちで働くんだ」

「僕は騎士になります！」

「はっ！　親に隠し事をし、手紙をおざなりにするような奴が、規律を重視する職に就《つ》けるわけがなかろう。相手の女性の親を頼ろうとしても無駄だ。お前たちはやらかしたからな」

「どういうことですか？」

「お前たちが咎《とが》めた女性は、ロバース伯爵家の令嬢だよ。騎士装備専門の商会を営《いとな》んでいる、ね。今頃、彼女の父親が君の愛しの彼女の屋敷に行っている頃だ。苦情だけで済めばいいがね」

本当にあの女はメニーじゃないのか？

太っていて、商会の娘だと聞いたからてっきり……

じゃあ、メニーはどこにいるんだ？　まだ入学してない？

いや、おじさんは学園に入学したと言った。

どこにいる？

そして、マリーはどうなる？

「さぁ、今日はこれでお暇《いとま》しようか？　カイル、今からでも手紙は隅々《すみずみ》まで読むべきだよ。これは最終通告だ。と言っても、行き着くところは変わらないけどな。ヘル、何か言っておくことはあるか？」

「別にありません。愚かな弟が今まで我々の忠告に耳を傾けなかった報《むく》いを見て、呆《あき》れているだけです」

そこで初めて兄さんが口を開いた。

見下した冷たい目つき。棘々《とげとげ》しい言葉。

兄さん？　どうして、そんな目で僕を見るんだよ。

おじさんたちはそれだけを言って出ていった。

僕はどうすればいいんだ？

ガクガクと膝《ひざ》が震えた。


おじさんたちが帰ってすぐに、僕は震えながら机の上を漁《あさ》った。

両親からの山のような手紙。十日に一度、多い時には毎日送られて来ていたようだ。

どれだ？　いつだ？

沢山《たくさん》ありすぎて、どれから見ればいいのか分からない。古い手紙も新しい手紙も一緒くたになっている。

それを手当たり次第開けて目を通していく。

体調を気遣うもの。現状を報告してほしいと頼むもの。嫌になるくらい、同じ内容ばかり。

どこだ！

五十通近く開けてやっと見つけたのは、メニーとの婚約が破棄されたことを知らせる両親からの封書だった。

メニーとの婚約破棄は去年の夏だ。

もっと早く教えてほしかった。そうすれば、マリーと堂々と付き合えたのに。

いや、これからは堂々と付き合えるのか!? なら、いい。

手紙を握り潰し、僕はゴミ箱に投げ捨てた。ゴミはすぐに山になる。

それなのにまだ、手紙が残っている。

両親からの手紙はあらかた読んだつもりだが、兄さんからのものや、おじさんから来ている手紙がまだ十数通あった。

おじさんは『手紙は隅々《すみずみ》まで読むべきだ』と言っていたが、読むのに疲れた。今日はもういいだろう。あとは明日に回そう。

それに考えるべきことがある。

お金だ。

マリーと過ごすためにもお金は必要だった。

どうすればいい?

もう店からお金を貰《もら》えない。約束が違うだろうに。

あの店は僕に任せてくれていたはずなのに……、返せとは酷《ひど》い。

慰謝料……どうすればいい?

やはり、父さんに頼もう。

きちんと説明すれば許してくれるはずだ。父さんも母さんも僕に甘いから——

ついさっき、おじさんに言われた言葉は、既《すで》に頭から抜け落ちていた。

僕は両親に手紙を出した。


次の日。

学園に行くと、僕に声を掛ける者はいなくなっていた。皆、遠巻きに僕を見ている。

気にしないようにして、マリーに会いに行く。

彼女も誰からも声を掛けられないらしい。シュンとして涙を零していた。

泣きながら、昨夜、父親と喧嘩《けんか》した話をしてくれる。

褒められたいマリー。彼女は愛に飢えている。だからこそ、僕の愛で満たしてあげたい。

ウルウルと自分を見つめてくる彼女が愛《いと》おしかった。

僕が君を護《まも》る。

僕は彼女に屋敷に来るようにすすめた。


手紙を出して八日ほど後。

両親が王都の僕の屋敷にやってきた。

転籍をしていたことや、メニーの存在を隠していたことを盛大に怒られる。

でも、この機会を逃してなるものかと、僕はめげずにマリーを紹介した。

なのに両親の顔は暗い。

どうして？　やっと愛する人が見つかったのに、祝ってくれないのか？

「私たちはお前が幸せならそれでいい。だが、表立っては祝えないんだ。手紙に事情を書いておいただろう……」

そんなこと、書いてあったか？

メニーとの婚約破棄のことしか目に入らなかった。

「まだ読んでない」

明日、明日と思っているものの、あの日、残した手紙はまだ読めていなかった。正直、面倒くさくて読む気になれない。

父さんが長く息を吐く。

「そうか……。簡単に言うが、ディスターにお前を助けるなと約束させられてるんだ」

「はぁ？　なんだよ、それ？　脅《おど》しかよ！　おじさんに弱みを握られてるのか？」

「お前のせいだ。お前がメニーちゃんをぞんざいに扱ったからだ」

「メニー、メニーって、どこにメニーがいるんだ？　現れもしないじゃないか！」

「……カイル。メニーちゃんに会ってないの？」

「どこにいるのかさえ知らないよ！」

母さんは顔を真っ青にし、身体を震わせた。口元を引《ひ》き攣《つ》らせ、僕に問う。

「……聞くけど、何故《なぜ》今までわたしたちを避けていたの？」

「それは、怒られると思って……」

「そう。ふふっ……わたしたちが育て方を間違えたのね」

「母さん？」

「カイル、もうあなたと会えることはないのでしょうね」

どういうことだ？

母さんの顔からは表情がすっぽり抜け落ちたように見える。

「ディスターさんは知ってるわ、あなたが反省してないって。カイル、あなた、どんなことも深く考えずに、楽なほうを選んでるわね。面倒くさいと思ったことは後回しにして」

「シエル」

父さんが母さんの名前を呼ぶ。

「……せいぜい今を楽しみなさい」

母さんは、らしくもない不気味な笑い方をした。席を立つと、振り返りもせずに玄関に向かう。

「シエル、待て。カイル、今日は帰る。これは金だ。もし、まだ入りようなら、封筒の中に書いてある場所に手紙を送れ。ヘルに知られたら大事になるからな。領地とは絶対に関わろうとするな」

父さんは封筒を机に置くと、慌《あわ》てて母さんの後を追った。

『もう会えない』って。

母さんは僕を見捨てた？

僕はショックのあまり動けなかった。

◆　◆　◆　カイルの母の話

ディスター・アゼランさんが我が領地の屋敷を訪ねてきた日。わたしはサインをする旦那様を冷めた目で見ていた。

カイルに手紙を送っても返答はなく、王都の仕事ついでに屋敷に寄っても会えなかったらしい。

らしいというのは、わたしは行っていないから。

会いに行ったのは旦那様だけなのだ。

旦那様はカイルが可愛くて仕方ない。亡くなったわたしのお姉様に似ているからだそうだ。

お姉様が初恋の人だなんて妹のわたしに言う？

はっきり言って、その無神経が嫌いだった。

カイルは可愛い。憎いほどに。実の子だからこそ。

旦那様は「ヘルは立派な後継ぎだ。カイルは違うのだから厳しく育てなくてもいい」と言った。

どうして、そうなるの？　後継ぎでなくても教育は必要でしょうに。

わたしの意見は聞いてくれない。

その結果がこれだ。それ見たことか。しっかりやらかしたじゃないの。「男の子はやんちゃでいいんだよ」だなんて言って、放置するから。

しばらくして、わたしたちはディスターさんに王都の屋敷に呼び出された。

怒気を隠しもしないディスターさんとマトリック君が待っていた。ヘルも来ている。

ディスターさんが怖くて冷や汗が流れ、わたしは何度もハンカチで汗を拭《ぬぐ》った。

カイルに会えたか確認され、旦那様が答える。

「……まだ、です」

「ほぉ、まだか？　あれからどれほど時間が経っているか、分かっているのか？」

旦那様は俯《うつむ》き、震えていた。

まだ会えていなかったの？

わたしはその事実に震えた。

ディスターさんには苦手意識がある。

根っからの商人で、約束の反故《ほご》に厳しい。それを知っていて、まだ会っていないなんてあり得ない。ディスターさんを馬鹿にしているのと同じことなのに。

「ヘル、お前も会えていないのか？」

「悪い。数日屋敷に滞在したが、帰ってこなかったんだ。仕事もあるから、そう何度も行けないし」

ヘルは淡々と答える。

その様子に、わたしは気づいた。

ヘルは……カイルを、わたしたちを見捨てたのね……

「なんで、あんな子に……」

「甘やかしたんだろ」

「そんなつもりは……」

「ヘルよりは甘い育て方だったぞ」

ディスターさんがわたしたちを嘲笑《あざわら》う。

そう、甘く育てた。旦那様の思う通りに。

おかげで、見た目はお姉様に似ているかもしれないけれど、カイルの性格は旦那様にそっくり。

「……。メニルの立場を理解させなかっただろ？」

それも言ってなかったの？

「冬休みが終わるまでは待つつもりだが、それまでに奴自身が今回の不始末に頭を下げ、店の金を返さなければ、社会的に潰す。外国に行こうが死ぬほうが楽だと思うほど苦しめるぞ」

カイルを捕まえたいなら、学園に押し掛ければ良かったのだ。

なのに旦那様は「次でいいや」と行動しなかった。

わたしはカイルを心配する演技を続ける。

旦那様が求める理想の妻の演技を。

「これにサインしてもらおうか」

「これは……？」

「奴の貴族籍の離脱届けとお前とヘルの爵位変更届け。加えて、奴の借金や慰謝料を今後、お前が一切肩代わりしないという誓約書だ。どれも三部の複写になっている。冬休みが終わっても改善がないようなら、これらの手続きをする。そして、この誓約書はお前と私、そして奴に渡す」

流石《さすが》、ディスターさんは商人だわ。抜かりがないわね。

わたしは泣いている真似をする。

正直、嫌いな男によく似た子どもをもう可愛いとは思えなくなっていた。

学園の冬休みが開け、ディスターさんから書類を提出した旨《むね》の手紙が届いた。書類の写しが同封されている。

旦那様は頭を抱えていた。自業自得なのに。

いい加減にしてほしい。

こうなることは分かっていたが、意見しても「黙ってろ」「女は男の三歩後ろを歩け」「女は経営に口を出すな」「ミシェル義姉《ねえ》さんならそんなこと言わない」「義姉《ねえ》さんは兄さんを立てていたのだから、お前も同じようにしろ」と言うばかりで耳を貸さなかったのだ。

旦那様が求めるのは従順な妻――お姉様によく似た女だから。

ふざけないでよ。何様のつもり？

いつまでもお姉様を追ってんじゃないわよ。

そんな時、カイルから手紙が来た。

旦那様は早速カイルに会いに行く。

既《すで》に爵位はヘルに譲渡し、旦那様はディスターさんとの事業に力を入れていた。

屋敷にある、ありったけのお金をかき集めて急いで馬車に乗っている。

「わたしも連れていってください」

わたしがそう言うと、旦那様は初めは渋った。

「息子の顔を見るのがダメなのですか？」

「……分かった」

良かった。

わたしはカイルに会いに行くことをヘルに伝えるよう侍女に指示した。


久しぶりに会うカイルは男の匂いをさせていた。

すぐ横に可憐《かれん》な美女。

こちらも女の匂いをさせている。

女の様子を観察するわたしの隣で、旦那様はカイルが勝手に転籍したことを怒っていた。

今更怒ってどうするの？

間違いはすぐに叱《しか》って正すものよ。そうでないと効果はないと知らないのかしら？

「私たちはお前が幸せならそれでいい。だが、表立っては祝えないんだ。手紙に事情を書いておいただろう……」

「まだ読んでない」

まだ？　時間なんていくらでもあったでしょうに。

やはり、甘やかしすぎて常識がないみたいね。

はぁ……もう、取り返しがつかないわ……

「……聞くけど、何故《なぜ》今まで私たちを避けていたの？」

「それは、怒られると思って……」

それを作り出した、わたしたちも愚かね。

「そう。ふふっ……わたしたちが育て方を間違えたのね」

「母さん？」

「カイル、もうあなたと会えることはないのでしょうね」

さよなら、ね。

どんなに実の子とはいえ、愛情はなくなるのかもしれない。だが、まだ親としての責任がある。

気づいてないようだから、カイルに忠告はしておく。

「ディスターさんは知ってるわ、あなたが反省してないって。カイル、あなた、どんなことにも深く考えずに、楽なほうを選んでるわね。面倒くさいと思ったことは後回しにして」

「シエル」

あら、珍しい。旦那様がわたしを名前で呼ぶなんて。

「……せいぜい今を楽しみなさい」

わたしは席を立つと、カイルを見ることなく玄関に向かった。

後ろで旦那様の声がする。

旦那様は本当に甘いわね。もう、会えないわよ。

玄関の横に立っていた執事――クリエスの前で、わたしは足を止める。

「クリエス、もう、勝手なことはさせないわ。あなたもしっかりと苦しみなさい」

この屋敷とカイルのことは彼に任せていた。

旦那様やヘルが屋敷に来ることをカイルに知らせていたのは彼だろう。

カイルに協力しなければ、酷《ひど》い目にあうことはなかったでしょうに。

執事はわたしから目を逸《そ》らす。

わたしはクリエスを監視するようにそばにいる従者に声を掛けた。

「ありのままをあなたの主人に報告しておいてちょうだいね」

◆◆◆　カイルの父の話　その1

カイルは初恋の人である兄上の妻に似て、幼い頃から可愛かった。

兄上の妻はシエルの姉なのだから、カイルが似ていても不思議ではない。

そして、兄夫婦がヘルを残し事故で死んだのは、もう昔のことだ。あの時、ヘルはまだ三歳にも満たなかった。

私たち夫婦は爵位を受け継ぎ、ヘルを引き取って我が子のように可愛がった。

だが、ヘルを見ていると兄を思い出す。

愛しい甥《おい》っ子《こ》の、兄上に似た眼差《まなざ》し。

ヘルは素直で頑張り屋。でも、やはり我が子とは違う。

私はヘルに対して厳しく接した。いずれヘルに爵位を返すつもりでいたからでもある。

だが内心、複雑ではあった。

カイルに爵位を継がせたいが、正当な後継者であるヘルを差し置いてはできない。

そんな思いでヘルに接していたのだ。

カイルが可哀想で、つい甘くなる。

妻も同じ気持ちだっただろう。

二人で甘やかした。

そんな時、メニルとの婚約の話が持ち上がったのだ。ディスターとは幼馴染《おさななじみ》で交流が深い。

酔った勢いで約束した「将来、互いに子どもができ、その子が異性ならば結婚させよう」という話が進んだのだ。

二人の相性も良さそうだったので、スムーズにまとまる。

一点だけ、メニルが十六歳になるまでは、あることを周囲には秘密にしておきたいと言われた。

あること――メニルの本当の母親はエスタニア人なのである。

エスタニア国のしきたりでは、子どもが十六歳になると大人の一員として大々的にお披露目がされる。その際、結婚相手もエスタニア社会に受け入れられ、その地位が約束されるというのだ。

カイルがアゼラン商会の一員になり、エスタニア社会のバックアップも受けられるとなれば、将来は安泰だ。

私は嬉しかった。あの子が幸せな人生を送れるなら、言うことはない。

将来の決まった安心感からか、子どもたちへの目が離れる。学園に入りカイルの生活が乱れているという報告に多少不安になったものの、男の子なのだから、ずぼらなところや、やんちゃなところがあってもあたり前だと思っていた。

ヘルはもっときちんとした学生生活を送っていたが、それは真面目なだけで、カイルが普通なのだ、と。

だから、あまり強く言わなかった。学園を卒業すれば大人としての自覚を持つだろうと信じて。

言い訳になるが、ちょうどディスターとの共同経営が波に乗り、猫の手も借りたいほど忙しく、カイルに構う時間がなかったというのもある。

そのせいで、ディスターから婚約破棄の話が出た時は寝耳に水だった。

状況を把握《はあく》すべく、カイルに手紙を送っても返事が来ない。

遊《あそ》び惚《ほう》けているのか？

王都の邸宅を任せている執事に聞いても「何事もない」と言うばかり。

私は仕事が忙しく、なかなか王都に行けない。

やっとの思いで行ってみても、カイルはいなかった。

執事に伝言を頼み帰るだけの日が続く。

ようやくカイルのやらかしたことが分かったのは、ディスターが堪忍袋《かんにんぶくろ》の緒を切らして我が家に押しかけた時だ。

彼は机の上に大量の証拠を並べた。

「婚約破棄だ。そちらが有責で、ここにサインしろ」

血走った目を向けられる。

「しないなら、共同経営は終わりだ。こちらが八割の助成をしているんだ。今まで投資した分も返してもらおう」

「待て、脅《おど》しじゃないか」

「自覚している。だが、先に約束を反故《ほご》にしたのはそっちだ」

こうなってしまっては、ディスターは引かない。私は渋々と婚約破棄の書類にサインをしたのだった。


数ヶ月後。

ようやく息子に会った後、領地に帰ると、屋敷の前にディスターが立っていた。そばにヘルもいる。

ディスターは私を見るなり笑顔で抱擁《ほうよう》し、耳元で囁《ささや》いた。

「やあ、ブライド。仕事を放り出して、どこに行ってたんだい？」

「妻と旅行だよ」

「旅行か。カイルに大金を与えて何が買えたんだ？」

バレている⁉

ディスターにバレないように、ちゃんと、メイドたちにも口裏を合わせてもらったのに。

「まぁ、ゆっくりと中で話そうや」

私の肩をつかんで、強引に屋敷の中に入るディスター。

まるで自分の屋敷であるかのように、彼は応接間の椅子にどかりと腰を下ろした。

「ブライド。俺が何もしていないと思ってるのか？」

ディスターの一人称が「俺」だ。やばい。かなり怒っている。

冷や汗が吹き出す。

「あの屋敷には既《すで》に俺の手の者がいるんだよ。あいつの行動は筒抜けになっている。よくもまあ、今まで放っておいたくせに、のこのこと会いに行ったな。どうせならもっと早く行けば良いものを」

屋敷にディスターの配下がいる？　いつの間に？

いや、それよりも先に言い訳を……

「それは、仕事が忙しくて……」

「俺よりも忙しいと？」

「お前は慣れてるだろ。でも私は要領も悪いし慎重だから、仕事がゆっくりなんだ」

「違うだろう。慎重ではなく、嫌なものを後回しにして、なかなか進まないだけだ」

失礼な。お前みたいに器用じゃないんだ。

「今日の一針《ひとはり》明日の十針《とはり》をいつもするよな」

そんなことをしている覚えはない。

「自覚がないのか？　カイルはお前にそっくりだよ」

「馬鹿な。カイルは義姉《ねえ》さんに似ている」

そうだ、カイルはいい子だ。少し気弱で、素直な子だ。男の子だから、やんちゃなのはしょうがないじゃないか。

「はぁ…………。救いようがないな。ブライド、契約は忘れてないな」

ディスターは机に例の書類を置いた。

「『この契約を破った場合、アゼラン商会との共同経営権を失う。同時に、その身柄をアゼラン商会に預ける』そう書かれている」

あん？　聞いていないぞ。

私は急いでそれを手に取り、確認した。一番下に小さな字で書かれている。

見ていない！

こんなものは詐欺だ。

私は書類を破く。

どうだ。これで、契約書など無効だ。

「複製だから破っても変わらんぞ」

「なっ！」

これだから商人は。

「これからはアゼラン商会のために働いてもらう。そうそう、シエル夫人。頼まれていたものをどうぞ」

妻は彼が取り出した一枚の紙を受け取ると、一瞬、目を輝かせて満面の笑みを浮かべた。

そして、手にした紙をすっと私の前に差し出す。

それは離婚届けだった。

驚いた私は妻の顔を見る。

「わたしはアゼラン商会で働くのは構いませんが、その前に旦那様との関係はこれで終わりにしたいので、サインをお願いします」

薄ら笑いを浮かべる妻が、そこにいた。

訳が分からない。

「もう、あなたとの生活はうんざりですわ。事《こと》あるごとにお姉様と比べられて、わたしの意見など聞いてもくれない。何か言えば、『女だから黙れ』。育児もさせてもらえなかったのに、あの子があなったのはわたしの責任だとも言ったわね。もう、限界ですわ。さっさとサインしてください」

「待ってくれ」

「どうして？　いつまでもお姉様の残像を見て、わたしを見てくれたことはありませんでしたよね。わたしはお姉様の代わり？　こんな生活いつまで続くのですか？　もう嫌。顔も見たくない」

妻は静かに怒っていた。今まで文句一つ言ったことがないのに。

「それに、やっと証拠が揃いましたしね」

そこで妻はふぅっと息を吐く。まるで汚物でも見るかのような眼差《まなざ》しを向けてくる。

「お姉様を殺したのは、旦那様ですよね」

息をするのを一瞬忘れた。

――それは死刑宣告に近かった。

「馬車に細工をしたのは旦那様ですね？　あなたを見た者をやっと探し出しました。事故の三日前に旦那様が馬車の車輪に触っていたと、証言しましたよ」

馬鹿な。あの時は近くに誰もいなかった。

「悪戯《いたずら》のつもりだったのでしょうね。車輪が壊れて、お義兄様《にいさま》が困れば、怪我をすれば、それで気が済んだ。でも起こったことは違った。あの日、雨の中でぬかるみにはまった馬車は、車輪が壊れて崖下に真っ逆さま……。お姉様も乗っていたのに……」

私はあの日のことを思い出す。

夜遅く、屋敷の扉が激しく叩《たた》かれた。執事が、雨でぬかるんだ道で車輪が外れて兄と義姉が乗った馬車が横滑りして崖に落ちたと、伝える。

二人は死んだ。

私は愕然《がくぜん》とした。

義姉《ねえ》さんも乗っていたとは思わなかった。兄上だけだと……

忘れようとしていた罪悪感がぶり返す。

「っ……」

「既《すで》に事故だと処理されていますし、時効でしょうけど、わたしはあなたのしたことを忘れませんわ」

「許してくれ……、夫婦だろ……」

「許す？　何故《なぜ》？　結婚当初はあなたを愛してましたわ。でも、亡くなったお姉様を思い続ける男をいつまでも愛す気はありません。ましてや、お姉様を殺した男を！　一生恨みます」

冷たくそう告げる妻の顔は残酷なまでに綺麗だ。

「ヘル！　ヘルも何か言ってくれ」

じっと聞いていたヘルに視線をやる。ヘルは兄上に似た眼差《まなざ》しで笑った。

「父上。お仕事、頑張ってください」

「ヘル？」

「カイルの尻拭《しりぬぐ》いや父上のやり残しを処理をするのはもうゴメンです。父上はディスターさんの紹介先でしっかりと働いてきてください」

ヘル？　お前……？

「ごめんなさいね。ヘル。あの事故の証拠を掴むのに時間がかかって」

「いいえ、母上。ありがとうございます。母上はこれでよろしいのですか？」

「勿論《もちろん》、納得済みよ。何も対策をせず、言われるがままに物事を放置したわたしも悪いのです。まあ、こんなおばさんがお金を稼げる仕事は場末の娼館くらいかもしれないでしょうが、しっかり責任は取るつもりよ。ヘルはヘルらしく生きなさい」

待って、待ってくれ……私を置いていかないでくれ。

「ディスターさん、ヘルのことをお任せしてよろしいかしら」

「大丈夫だ。彼はしっかりしているから、領地はきっと栄えるよ。私も力を尽くすと誓おう」

勝手に話を進めないでくれ。

息が苦しい……

「旦那様、早く……サインを………」

「ブラ……イド、約束……とおり…………」

「父うえ、お……げん、き……で…………」

視界が回る。

これが兄上を殺した報《むく》いか？

兄上に嫉妬《しっと》した、僕のせい？

義姉《ねえ》さんに、横恋慕した僕が悪い？

兄上。義姉《ねえ》さん。

ごめんなさい。

カイル。

シエル。

ディスター、すまなかった……

第四章

本日、わたしはメニエル・ロバース伯爵令嬢宅をお父様と訪ねた。

メニエル様のお父様とわたしのお父様が応接室で笑いながら話している。

二人は知り合いだったらしい。

わたしとメニエル様はお父様たちを置いて、庭でお茶会をすることにした。

お庭にはラベンダーを始めとした可愛らしい花々が咲き乱れている。

紅茶を一口飲んで一息ついたメニエル様が口を開く。

「本当にあの方々は失礼ね」

「申し訳ありません」

「メニル様が謝ることではないわよ」

「元婚約者ですから。ただ、名前が似ていて商家であるからと、間違えるとは思ってもいませんでした。ご迷惑をおかけしました」

「構わないわ。お父様はアゼラン商会に恩を売れたと喜んでいらしたし」

メニエル様がふふふっと笑った。ふっくらとされた顔が可愛い。

「こちらをお受け取りください」

わたしは一枚のチケットを差し出す。

迷惑をかけたお詫《わ》びの品だ。

「これは何かしら？」

「わたしが経営している店のドレスの仕立て券です。上限はありますが、それなりのものをお仕立ていたします」

メニエル様がチケットを手に取り、確認する。

「費用は店から？」

「いえ、わたし個人の資産で支払います」

「そう。でも、いらないわ。お礼はお父様が受け取っているんですもの」

「ですが、嫌な思いをされたのはメニエル様です。受け取っていただがないと、わたしの気が晴れません」

チケットを机に置くと、メニエル様はずいっと身を乗り出した。

凄《すご》い圧を感じる。

「こんなものよりお願いがあるの。できれば、そちらを叶えていただけない？」

「はい？」

「メニル様は毎年、エスタニア国に行くと聞いておりますわ」

「はい」

「是非《ぜひ》、今度の旅行にわたしも連れていってくださいませ」

「はっ、い？」

「わたしはまだ婚約をしておりません。エスタニアの男性と知り合いたいの。紹介してほしいとは言いませんわ。自分でなんとかしますから、メニル様が出るパーティーに同伴させてくださいませ」

メニエル様の目が怖い。

でも……

「メニル様？」

わたしは笑ってしまった。

「メニエル様はお可愛いですね」

「まっ。はしたなかったでしょうか？」

メニエル様は真っ赤になって俯《うつむ》いた。

「いえ、凄《すご》く好感を持ちました。是非《ぜ ひ》ご一緒しましょう。詳細は後日お知らせいたします。それと、やはりこのチケットはお持ちください。エスタニア国でも使えますので、あちらで仕立てましょう」

「ありがとうございます」

今年のエスタニア行きは楽しくなりそうだ。

あと少しで夏休み。

その前のテストを頑張ろうと、わたしは改めて心に誓った。

テストが終わり、夏休みに入った。

今年は十日ほど、エスタニア国に滞在する。

ラフィシア、アルセス、メニエル様、そして珍しく長期休暇をもぎ取ったお兄様が一緒だ。

お兄様は、あちらで仕事があるみたい。

王太子殿下と婚約者のクラレス様、第二王子殿下がエスタニアに行く予定になっているので、その下見だという。

王太子殿下とクラレス様は挙式に使う装飾品をエスタニアで揃えたいそうだ。

第二王子殿下は勿論《もちろん》、ブラナード殿下に呼ばれたのだ。

ブラナード殿下の婚約者とわたしの婚約者のお披露目会は一緒にして盛大に行うつもりだ、と母さんから手紙がきた。

字の踊りようからして、浮かれているらしい。

エスタニア国に入るのに馬車で五日、そこから中央都市に行くのに馬車を乗り変えて二日かかる。

ようやく滞在予定のわたしの屋敷に着いた時、お兄様と同じ馬車に乗っていたアルセスはげっそりしていた。

お兄様、アルセスを虐《いじ》めたら許さないわよ。

睨《にら》んだのに、笑って受け流されてしまう。

さて、エスタニアのわたしの家を見て、みんなぽかんとした。

真っ白な太い支柱が印象的な屋敷は、太古の遺跡のように見える。ローゼルク国では見かけない造りだ。

中に入ると、褐色《かっしょく》の肌のメイドたちが並んで出迎えてくれた。

エスタニア国は南方にあり、暑い。ただ、湿度は低いので、汗の心配はない。

昼は日焼け防止で頭から薄絹を纏《まと》う程度で、朝晩は少し寒い日もあった。

メイドたちは全員、両腕が出る服を着て、中には臍《へそ》が見えている者や深いスリットから美しい脚が覗いている者もいる。

ラフィシアもアルセスもメニエル様もその姿を見て顔を真っ赤にして俯《うつむ》いた。

「メニル。目のやり場が……」

「慣れです」

これはばかりは慣れるしかない。エスタニア国では日常だから。

『メニー、来たか!!』

奥から褐色《かっしょく》の肌、長く癖《くせ》のある茶金色の髪、暗い茶色の瞳の女性——母さんが走ってきた。

彼女も美しい脚を惜しみなく出している。真っ赤な衣装がよく似合うため、エスタニアの炎と呼ばれていた。

『わたしのメニー。会いたかったぞ』

わたしをすっぽりと腕の中に収める。

く、苦しい……

『母さん、苦しいわ。それに恥ずかしいんだけど』

わたしは母さんの腕をばんばんと叩《たた》く。

『すまない。去年は会えなかったから、ついな。さあ、彼らを紹介してくれ』

いつ会っても豪快な人。

母さんと言っても滅多に会わないので、親戚のお姉さんかおばさん感覚である。

そんな母さんにわたしの大事な人たちを紹介した。

三人の視線は可哀想なほど彷徨《さまよ》っている。

それを見た母さんが笑った。

「早く慣れな。相手の目を見るといいぞ。無理なら顔のどこかでいい。そうすれば気にならないだろ。さあ、家族を紹介しよう。ついておいで」

流暢《りゅうちょう》なローゼルク語のアドバイスに、三人は安堵《あんど》の表情を浮かべたのだった。


母さんは貿易船に乗って、一年の半分以上を海の上で過ごしている。

サセルシャス公爵家の長女、エルマとして生まれ、本当ならば公爵家を継ぐはずだったが、行動派の彼女は海で生きることを選んだ。

公爵家は弟のマイトリー叔父様が引き継ぎ、貿易関係の事業を母さんが仕切っている。

そんな母さんには悪癖があった。

それは、強い男が好きということ。

エスタニア国は性に対してオープンなところはあるが、中でも母さんは度を抜いている。

実を言うと、わたしにはマトリックお兄様の他に、五人の兄と姉がいるのだ。

勿論《もちろん》、全員母さんの子ども。だけど、父親が同じなのはすぐ上の双子のレイザー兄さんとララ姉さんだけ。後の三人の兄は父親がそれぞれ違う。

十五歳上で、既《すで》に結婚し家を出ている兄の父親は、エスタニア人の伯爵。十二歳違いの兄の父親は、海の向こうのスフィアニア国の公爵。十歳上の兄の父親は、これまた海の向こうのバーランド人の子爵である。

仕事でエスタニア国に来ていたお父様に惚《ほ》れ込《こ》んだ母さんは、無理やり襲ったらしい。

母さんらしいけれど、それを聞かされた時の子どもの心情を考えてほしかった。

ともかく、双子の兄さんと姉さんが生まれた。しかも、それをお父様に言わなかったのだから、たちが悪い。

再びエスタニア国を仕事で訪れたお父様は、母さんが抱く自分に似た子どもを見てびっくり仰天。妻に隠し事はできないと慌《あわ》てて、お母様を呼び寄せ修羅場になった。

だが、母さんは平然。

『お前に責任を取れとは言わない。父親は必要としていない』『仕事ができて、妻を大事にしているお前に勝手に惚《ほ》れたんだ。優秀な子種を得たいと思うのは、女の本能だろう！』と言い放ったそうだ。

しかも、『この種ならもう一つ欲しいな』とまで。

当然お嬢様育ちのお母様は、その場で卒倒した。

聞いただけで、同情する。

わたしたちでも母さんの思考は分からない。価値観が違うのだろうとは思う。

母さんは『好き』という気持ちがあっても、その人を縛りたいとは思わないらしい。

わたしには理解できない。

そんな、あけっぴろげな母さんに、お母様は絆《ほだ》されて親しくなった。それも、わたしには理解不可能だ。

で、なんだかんだと、わたしが生まれた。

その上、仕事人の母さんはお母様にわたしの育児を丸投げしたというのだから、びっくり。

お母様は文句を言いつつ、嬉々として私を引き取って育てたのだ。

産むだけ産んで子育てはいい加減な母さん。

『大丈夫だ。ご飯を与えて、オムツ変えて、寝かしとけば育つだろ』

そう豪快に笑う母さんに、叔父様と叔母様、サセルシャス公爵のメイドたちは呆《あき》れ、かなり苦労をしたようだ。

兄さんたちがまともに育ったのは、常識人の叔父様たちのお陰だと思う……

今では、お父様と母さんはただの仕事上でのパートナーになっていた。母さんはお父様よりお母様との関係のほうが親密なんじゃないかな？

これ以上、兄弟が増えないことをわたしは祈っている。

ちなみに兄弟全員が自由奔放《ほんぽう》な母さんを見ているので、みんな一途《いちず》だ。絶対に浮気しないと決めている。叔父様もそして、お兄様も然りで――

そんな事情が垣間《かいま》見える状況にラフィシアとアルセス、そして、前もってこの事情を伝えていたメニエル様も、目を白黒するばかりだ。

母さんのことを打ち明けるには、それなりの覚悟が必要だった。

三人に、レイザー兄さんとララ姉さん、叔父様たちを紹介する。

『久しぶりだなレイ』

『変わらんなマト』

マトリックお兄様とレイザー兄さんは同い年だから、特に仲がいい。二人でアルセスを揶揄《からか》っている。

それを見た母さんは満足そうに笑っていたが、特大の爆弾を落とした。

『ああ、そういえば、あのアホタレが紹介状を持って私のところに来たぞ。しっかり貸し付けの契約にサインをしたよ。これで、煮ようが焼こうが好きなことができるな』

あのアホタレって、まさか……？

『わざわざ紹介してやったからな』

お兄様？

『どんな馬鹿なことをするか、楽しみだ』

『いくらまで借金が膨れるかしら？　見ものね』

『地獄の窯《かま》が開くな』

ふふふと笑うわたしの家族たち。

『後悔してもらおう』

わたしを含めたラフィシアとアルセス、メニエル様の四人は顔を見合わせて震え上がった。


次の日から、わたしたちは四人で街を巡った。

わたしにとっては馴染《なじ》んだ街だが、念のためにレイザー兄さんが護衛としてついてきてくれる。

ラフィシアもメニエル（敬称はいらないと言われた）も初めはエスタニアの服を着るのに抵抗を見せていたが、肌を見せない服があるのを知ると、それに着替えた。勿論《もちろん》、わたしも。

エスタニア国の服装とはいえ、肌や髪の色で旅行者とすぐに分かる。

兄さんがいるだけで街の人の目が変わり、安心して気楽に買い物ができた。

女の子三人で和気藹々《わきあいあい》と話しながら店を覗く。一歩後ろでは、兄さんとアルセスが意気投合していた。

ちなみに帝国で買った土産《みやげ》は、既《すで》に兄さんと姉さん、母さんに直接渡している。全員に力の限り抱きしめられて苦しかった。

それもあってか、兄さんはわたしたちにあれこれ買おうとするので、止めるのに必死だ。

メニエルにあげた仕立て券は使う機会がないままに終わりそう。

「すごく愛されてるのね……」

「一年に一度しか会わないから、その反動で……」

恥ずかしい。

全員の食事も兄さんが奢《おご》ってくれたのは嬉しいけど、お小遣いは大丈夫かな？

「素晴らしいことですわ。聞いていた通り、エスタニア国の男性は女性に尽くしますのね」

メニエルが鼻息を荒くする。

そういえば、彼女は出会いを求めていたんだっけ……

う～ん、兄さんはいいかっこしたいだけだと思うのだが、理想を壊さないほうがいいかな……？

昼食を終えて再び店を冷やかしながら歩いていると、見知った者が視界に入る。思わず、わたしは立ち止まった。

「メニル？」

「見つけちゃった……」

「えっ？」

つい、指差してしまう。

ラフィシアたちも、その方向を見て固まる。

そう、いたのだ。彼が……

しかも揉《も》めている。真珠を扱う店の店先で、店員と言い争いをしていた。

こんな場面に出会《でくわ》したくなかった。

兄さんがアルセスに声を掛けてから、真珠店に向かう。

「僕らはそこの店に入って待っていよう」

わたしたちはアルセスに言われるがままサセルシャス商会系列のカフェに入った。

ケーキと紅茶を楽しんでいると、兄さんが入ってくる。椅子に座ってすぐ机に突っ伏した。

『お疲れ様。どうでした？』

『どうもこうも、碌《ろく》にできないエスタニア語で馬鹿みたいに値切り交渉して、しまいには女が泣き落としを始めたんだ』

はっ？　値切った？

非常識極まりない。

『品物がすべて高いと抜かしやがった』

そりゃあ、あのお店は高額商品しか置いていない。何故《なぜ》なら、高額であることこそをウリにしているからだ。

なんとも言えない空気が漂《ただよ》う。

『それで、彼らは？』

『安めの店を紹介したが、サセルシャス商会の系列じゃないと嫌だとよ』

『すぐ近くに、旅行者向けの系列店があったよね』

『すすめてみたが、あそこの店員とも既《すで》にやりあった後みたいだな。迷惑客としてだいぶ顔が知れ渡ってきた頃だし、明日くらいにはどの店からも出禁か？』

『まだ、滞在して数日でしょうに』

『楽しみですわね』

数日でやらかすなんて、凄《すご》い才能だ。

婚約を破棄したとはいえ、一応幼馴染《おさななじみ》。気が重くなる。

けれど、アルセスが机の下で手を握ってくれたので、わたしは少し力を抜くことができた。


滞在六日目。

王太子殿下たちがエスタニア国に入られた。一週間の滞在を予定している。

わたしたちは母さんやお兄様、兄さん姉さんたちと一緒に王宮に赴《おもむ》く。

全員、ブラナード殿下から誘われたのだ。

メニエルはカチコチになっていたが、強引に連れていった。

『メニー！』

部屋に案内されるいなや、ブラナード殿下が抱きついてくる。

『ブラナ。お誘いありがとう』

久々のエスタニア王宮は変わっていなかった。

わたしが悪戯《いたずら》をした跡が壁にうっすらと残っている。嫌でも叱《しか》られたことを思い出すから、早く直してほしい。

『よく来ましたね。メニー』

『ご無沙汰しております。セルアルディー女王陛下』

褐色《かっしょく》の肌に赤みの入った茶金色の髪、暗褐色《あんかっしょく》の瞳をしたスラリとした女性が堂々と現れる。わたしはひざまずき、頭《こうべ》を垂れた。

『楽にしなさい。エルマなんていつも無遠慮なのよ。その娘にそんな態度を取られたら蕁麻疹《じんましん》が出るわ。後ろの方たちはメニーの親友ね。多少の無礼は我慢してあげる』

ブラナード殿下と同じ美しい笑み。女王陛下を前にしてラフィシアたちは顔を上げられない。

『こら、セルア。威嚇《いかく》するな。いたいけな子どもたちが怯《おび》えているだろう』

『ふふっ、ローゼルク国の王太子と帝国の坊やは、なんとか持《も》ち堪《こた》えてるわ。今後が楽しみね』

母さんが女王陛下を軽く諫《いさ》める。

『おや、僕は見込みはありませんか？』

マトリックお兄様が嘴《くちばし》を挟んだ。

『あなたは別格でしょう。その図太さはあの男にそっくりね』

『あの男はわたしが惚《ほ》れただけのことがあるからな』

『自信満々に言わないで。自由奔放《ほんぽう》な母親に、さぞかし子どもたちは苦労してるでしょう』

セルアルディー女王陛下の言葉に、兄さん、姉さん、わたしが頷《うなず》く。

『こら、そこ。頷《うなず》くな』

『アルベルト殿下、クラレス様。ゆっくりしていきなさい。そして、オルタ殿下はじっくりと我が国を見ていくように』

ぞくりとする女王陛下の眼差《まなざ》しに、王太子殿下の後ろに控えていた第二王子殿下がびくりと肩を震わせた。

そんなふうにセルアルディー陛下たちとの会談が終わると、部屋を移す。

王太子殿下たちが泊まる客室がある離れの建物にある貴賓室だ。

セルアルディー陛下と母さんも同席する。

二人は王太子殿下とクラリス様のこと、わたしとアルセスの出会いなどを聞いてこようとするので、わたしは一喝《いっかつ》した。

「邪魔するなら出ていってください」

二人は慌《あわ》てて大人しくなった。

そこでやっとわたしは仕事に移る。

母さんに取り置きしてもらっていた幾つかの大粒真珠を出して、クラリス様に見せた。

クラリス様は中でも一際上品なものを選ぶ。これを使ったネックレスはとても素晴らしいものになるだろう。お二人のご成婚が楽しみになってきた。

そして、そのままお茶会に移る。

楽しい一時になった。


エスタニア国滞在最終日の前の晩。

ブラナード殿下の婚約お披露目会で、去年できなかったわたしの十六歳の祝いと婚約者の紹介が行われた。

サセルシャス公爵家の娘の婚約なので、王族と一緒でもおかしくないのだ。

わたしはアルセスと共にブラナード殿下に臣下の礼をとる。

どんなに親しくしていても、公私混同はいけない。

アルセスが帝国の出身であろうとも、エスタニア国ではわたしの縁者として扱われるのだから。

貴族の嗜《たしな》みとしてこの国の風習を理解しているアルセスも納得している。

忙しい合間を縫ってやってきたお父様は、涙を流しながら喜んでいた。

勿論《もちろん》、お母様も母さんの隣で喜んでいる。

そんな中、一人だけ公開処刑が行われているかのように顔色が悪い者がいた。

オルタ殿下である。

これで、引き返すことはできない。逃げることも。

エスタニア王族や、サセルシャス公爵と親しい高位貴族から下位貴族にまで、顔が晒《さら》されたのだ。

不意に、入り口が騒がしくなった。

『どうした?』

母さんが慌《あわ》てて入り口に向かう。

そちらを見て、わたしは言葉を失った。

彼だ。

何故《なぜ》、ここに?

「謝りに来たか?」

お兄様が面白そうに呟《つぶや》く。わたしはお兄様を見た。

「お前に謝るなら来ていいとは書いたが、案の定……注意点を読んでないな」

彼らはローゼルク国の衣装を着ている。

ここはエスタニア国。しかも今日はエスタニア王家の私的な夜会なのだ。エスタニア国の衣装を身につけるのが礼儀である。

当然、ラフィシアもアルセスもメニエルも、そして王太子殿下たちもエスタニア国の衣装を身につけていた。

「どうして入れないのですか？　僕はメニーに謝りに来たのですよ」

彼は大声なので、よく聞こえる。

母さんは服が……と答えているようだが、聞き取りにくい。

『エルマ。折角《せっかく》だから入ってもらいなさい』

セルアルディー陛下が通る声で指示した。

母さんが二人を連れてくる。

この場にそぐわない衣装が悪目立ちするカイル様とマリー様。

『で、なんの用だ』

母さんが改めて尋ねた。

「えっ？　なんて？」

「なんですか、って」

マリー様は聞き取れているみたい。彼に通訳するつもりのようだ。

「メニーに会いに来たんだ。ここにいるんだろ？」

『メニーに会いたい。どこ？』

『図々しい人たちですね。まぁいいでしょう。自分で捜せたなら、この非礼を見逃してあげます』

「？？　えっと……自分で探して。見てあげる？　かな？」

惜しい。

カイル様はあたりを見渡す。

けれど、誰一人としてわたしの居場所を教えない。

「メニー。いるんだろ。出てこい!!」

緊張感のある空気が漂《ただよ》う。

ついに、彼と目が合った。

やっと、気づくだろうか。

胸が変にドキドキした。

嬉しいような、残念なような。それでいて、ほっとしたような……

だが、彼はとんでもないことを言い出す。

「お前、以前告白してきたストーカーか。まだ僕をストーキングしていたのか!!」

ピキッ。

空気に亀裂が入ったのは、きっと気のせいではない。

その場にいたすべての人が凍りついたように固まる。どこからともなく、ふつふつと殺気が漂《ただよ》い出《だ》した。

横にいるアルセスが怒っているのがはっきりと分かる。

わたし自身は馬鹿だなぁ～程度にしか思っていないが、周りは違うみたい。

アルセスはわたしを引き寄せるとカイル様の前に立つ。

「私の婚約者をストーカー呼ばわりですか？　謝っていただこう」

「なんだ、貴様は？」

「同じクラスにいるんだが、顔も名前も分からない？　私はオシニア帝国ビストラス公爵家のアルセス・ビストラス。私の婚約者を侮辱《ぶじょく》したこと、許すことはできない」

「帝国？　えっ？」

「嘘っ!?」

アルセス……

胸がキュンとなる。

『カイル・ローゼン。わたしの大切な娘をよくも貶《けな》したな』

母さんは目が据《す》わり、エスタニア語で低い声を出す。今にも彼に手を出しそうだ。

それを阻止するように母さんの前にララ姉さんが進み出た。

「母様。ちょうどいいではありませんか？　メニーの幼馴染《おさななじみ》のカイル君。今から言うことは、ちゃんと聞いてくださいね」

いつの間にか姉さんは紙の束を抱えている。それをペラペラとめくった。

「カイル君、ここはね、ブラナード殿下とメニルの婚約お披露目会なの。つまり、エスタニア国の王族と高位貴族がわんさかいるの。君の国の王太子とその婚約者、ブラナード殿下の婚約者になられた第二王子殿下もね。今、君は彼らの顔を潰したんだよ。しかも、母様がすごく可愛がってるメニルをストーカー？　どうなるか分かってる？　それに君さぁ、妹のメニーに婚約破棄されたんだよね。もう関係のない人なんだから、大きな顔しないでくれる？　家族の婚約者ならチヤホヤするけどね。あとさ、いっぱい買い物するのはいいんだけど、苦情がすごい来てるんだぁ。一体、何をしでかしたのかな？　母様が忠告したはずだよね。サセルシャス商会に泥を塗るなって。どうしてくれるの？」

ララ姉さんが、怖くて動けないでいるカイルの頬を紙束でパンパンと叩《たた》く。

もしかして、一番怖いのはララ姉さんじゃないのかな？

「ねぇ、そこのお嬢さんもさぁ、エスタニア国の文化は知ってるよね。言葉が分かるくらいだし」

「も、勿論《もちろん》よ」

「じゃあさぁ～、もっと周りを見たら？　男に従うばかりで、ひとつも自分で状況を判断してないでしょう。そういう女、わたし死ぬほど嫌いなんだよね～。今時、男に縋《すが》り付《つ》くだけしかできない女は流行《はや》んないよ」

「私……」

「もういいよ。君たち、エスタニア国に立ち入り禁止ね。すぐにカードは返して。あと、他国も含めてサセルシャス商会の店にも出禁だよ。セルアルディー陛下、いいですよね」

「構わないわ」

女王陛下がローゼルク語で返事をした。

「ありがとうございます。……じゃあ、君たちは今すぐはローゼルク国に帰れないだろうから、明日の十時までに中央都市を出てね。少しだけ時間をあげるよ」

貴族たちの冷たい視線。あの二人の顔を厄介者だと覚えておこうとするかのように見ていた。動くことも、喋《しゃべ》ることもできずに立ち尽くす二人に、女王陛下の無情な声がかかる。

『この二人を放り出せ』

二人がいなくなるのを待って、わたしは皆に頭を下げた。

こんなハプニングが起こるとは予想していなかった。

『――お騒がせしました』

隣でお兄様も頭を下げている。

『このような事態を起こし、申し訳ありませんでした。すべて自分の責任です』

『何を言ってるの。すべてあの愚か者のせいです。まさか、メニーのことが分からないとは思いませんでしたけど』

女王陛下が呆《あき》れたような深いため息をついた。

「まだ、気づいてないとは思わなかった……」

お兄様は愕然《がくぜん》とした声で呟《つぶや》く。

『さぁ、祝いの続きをしましょう』

女王陛下の一声で止まっていた音楽が再開し、ざわめきが戻る。

お兄様は一人フラフラとバルコニーに出ていった。

「ラフィ。お兄様のこと、お願いできる？」

「ええ、行ってくるわ」

ラフィシアが力強く頷《うなず》いて、お兄様の後を追う。

わたしはアルセスと共に王太子殿下のもとに行った。

勿論《もちろん》、謝りに。

◆　◆　◆　マトリックの話　その2

失敗した。

僕は自分の能力を過信し、策に溺《おぼ》れたのだ。

カイルの身柄をアゼラン商会に縛り付けるために借金の契約書にサインさせることはできたが、肝心のメニルに謝らせる仕掛けは無残に失敗した。

エスタニア国という特別な場所で謝らせることができたならば、父さんには内緒で借金を半額にしてもいいとさえ思っていたのに。

父さんのようにはまだまだいかない。

父さんの断罪が遅いのがもどかしくて先走ったが、上手《うま》くいかなかった。

ララのお陰でやり込められたから良かったものの、他人にまで迷惑をかけてしまった。

女王陛下やブラナード様の前で……いや、ラフィシア嬢の前でやらかしたことが一番情けない。

そもそも王太子殿下にメニルを会わせた時だって、自分が第二王子をやり込めるはずだった。それをブラナード殿下にすべて持っていかれた。

あれをやるために、アルベルト殿下の手足になることを引き受けたのにな……

カイルがあそこまで阿呆《あほう》だとは思っていなかった。

そのせいでこの後の計画までおかしくなったんだ。

僕は上着のポケットを探り、ベルベットの小さな箱を取り出す。

「ラフィシア嬢に渡せない……」

「わたしに何かくださるのですか？」

えっ？

慌《あわ》てて振り向いたせいで、小箱を落とす。

足元に転がったそれを、ラフィシア嬢が拾い上げる。

「これですか？」

彼女は箱を開けて中身を見ると、驚いたように僕に顔を向けた。

僕は思わず手で顔を覆《おお》う。

「これは……」

情けない。

凄《すご》く情けない。

「いや、その……」

「きちんと説明してください」

彼女が詰《つ》め寄ってくる。

夜空のような漆黒《しっこく》の髪が部屋の灯りを浴びて輝いていた。

「っ……。あいつに謝らせて、すべてを清算させようと……いや、君の前でかっこつける気だったのに、その、情けなくて……」

「聞きたいのはそこではないですわ。分かるようにその続きを聞かせてください。わたしはマトリック様を情けないとは思っていません。妹想いの素晴らしい方です。わたしはそんなあなたに惹《ひ》かれています。ですから……続きを聞かせてください」

真っ直ぐな眼差《まなざ》しが僕を見つめる。

「ラフィシア嬢。僕と、結婚してください」

「勿論《もちろん》ですわ」

それはまるで、大輪の花が綻《ほころ》ぶかのような笑顔だった。

ラフィシア嬢に小箱を返してもらって、僕は中に入っていた指輪を取る。それを差し出された指にはめた。

そして、しっかりと抱きしめる。

「マトリック、ラフィシア嬢。おめでとう」

振り向くと、窓の影に四つの人影があった。

王太子殿下にクラレス様、メニルとアルセスだ。

こいつら!!

「ごめんなさい。お兄様が何か用意してたのを知ってたから、もしかしたら〜、と思って……」

メニルがちっとも悪いと思っていない顔で言う。

知られてたのか……

「マトリック。君たちのことは僕からもエプトン公爵に口添えしとくよ。僕らの結婚後、君には伯爵位を授ける。しっかり僕のもとで働いてもらうから、よろしくね」

ちっ。

まぁ、商会経営より、僕には監査《こっち》が向いている……

僕はラフィシア嬢に笑いかける。

二人、手を繋いで、明るい会場に戻った。

父さんたちにも言わないとな……

◆◆◆メニエルの話

騒ぎの後、始末に消えたらしいメニルを待っていると、バルコニーで盛大な拍手が起こった。

「やっと、くっついたか⁉　めでたいな、メニエル嬢」

今日のエスコートを買って出てくださったレイザー様が呟《つぶや》く。

それで、わたしにもあの拍手がマトリック様とラフィシア様のためのものだと分かった。

二人はお互いに想い合っているのに、なかなか関係が進展しないのでもどかしかったのだ。

結ばれたのなら嬉しい。

けれど、羨《うらや》ましくもあった。

わたしはチョコレートケーキを頬張りながらため息をつく。

レイザー様は自分のことのように喜んでいる。

たしか彼は、マトリック様と同い年だったはず。

「レイザー様。今日はわたしのエスコートをしてくださってますが、婚約者はいませんの？」

すると彼は、はわたしを見て笑った。

「いないよ。ララはサセルシャス商会の跡継ぎだからか自分で見つけてきたけど、僕はまだ将来を決めてないんで作ってないんだよね。君は？」

「わたしもまだですわ。自国の男性は皆様、なよなよしていると言いますか、しっかりしてませんの。わたしはロバース商会の一人娘で商会を受け継ぎます。わたしを支えてくれる方がいいのです」

エスタニア国でも思うような出会いが今のところない。

「実は少し憧れていましたの。エスタニアで素敵な出会いはないかと」

「なんで、エスタニア人？」

「それは……、褐色《かっしょく》の肌が逞《たくま》しく見えるので。それにエスタニアは貿易都市。商売では帝国と同列なほど、栄えていますわ。すべてにおいて、わたしの理想ぴったりです!!」

ついつい、力説してしまったわたしを見て、レイザー様は大爆笑した。

恥ずかしい。

「なら、僕はどう？」

「えっ？」

「褐色肌《かっしょくはだ》のエスタニア人。サセルシャス商家出身で、サセルシャス公爵縁《ゆかり》の男。しかも、あの母を反面教師として育ったので、浮気をしないと誓うよ。なんなら、誓約書を書いてもいい」

「あのぅ？」

「君となら上手《うま》くやれると思うけど」

「わたし、ぽっちゃりですわよ？」

「それが何？　僕も小さい頃、走るより転がるほうが速いくらい太ってたけど？」

何が起こっているのかしら？　イケメンがわたしを口説《くど》いている！

「なんなら、みんなのいるこの場で誓ってもいいよ」

「何故《なぜ》、わたしなの？」

「僕らの周りに集まってくるのは、私利私欲にまみれた汚い奴ばかりなんだ。でも、君は違う。家が商会だからかもしれないけど、公平に物事を見てる。目の前にある小さな幸せで満足できる、そんな君を見ていたいからなんだけど、変かな？」

わたしは首を横に振った。

変に「一目惚《ひとめぼ》れしたんだ！」と叫ばれるより、しっくりくる。

「わたし、こう見えて面倒くさい女ですわよ」

「僕の家族のほうがクセが強いから大丈夫」

「商売には妥協しませんわ」

「同じく」

「幸せにしてくださいますか？」

「一緒に幸せを作る、の間違いだろ」

わたしたちは顔を見合わせ笑い合った。

この方ならずっと一緒にいてもいいわ。

「商談成立です!!」

パチンと互いの手を打ち合わせる。

「では、善は急げだ。母さんに報告、一筆書いてもらって、君の父君に会いに行かなければ」

「そうね。でもその前に、もっとレイザー様のことを教えてください」

「メニエル嬢、君のことを教えてくれ」

わたしたちは手を取り合って、盛り上がっている集まりの中へ向かった。

一段と騒がしくなる。

幸せな時間は、夜が耽《ふけ》るまで続く。

次の日の出発の時間が大幅に遅れたのは仕方のないことだった。

◆　◆　◆　カイルの話　その3

話は少し前に戻る。

夏休みを前にして、僕はマリーと共に過ごしていた。

父さんからのお金は、思っていたよりも多い。これでしばらくはマリーに贈り物ができる。

そう思うと嬉しかった。

父親と喧嘩《けんか》したマリーが家に帰りたくないと言うので、あれからずっと一緒にいる。

僕の屋敷で、二人でゆったりお茶を楽しむ。執事のクリエスが突然、屋敷を辞めたあと新しく入ったメイドが世話をしてくれた。

落ち着いた頃、メイドが一通の手紙を差し出す。

「マトリック様よりお手紙です」

「ふ～ん。いつも通り、机に置いといてくれ」

「返信が欲しいとのことですので、すぐにご覧ください」

愛想のないメイド。

彼女はマリーを敬《うやま》わない。僕の将来の妻なのに。

クビにしよう。

けれど、僕が解雇をほのめかすと、「雇い主はあなたではありません」と言われた。

仕方なく僕は彼女の言葉に従って手紙の封を切る。

そこには、エスタニア国への招待状が入っていた。

手紙には季節の挨拶《あいさつ》から始まり長々と文がつづられていたが、要約すると『メニーに頭を下げるのであれば、エスタニア国でアゼラン商会とサセルシャス商会が催《もよお》すパーティーに参加しても良い』とある。沢山《たくさん》の注意点も書いてあったものの、まあ大丈夫だろう。

エスタニア国。そこでアゼラン商会かサセルシャス商会の系列のホテルに泊まれるのなら、贅沢《ぜいたく》できる。

すぐさまペンを取り、参加の意思をしたためた。

「エスタニア国？　行けるの？」

マリーも嬉しそうだ。

「行けるよ。ドレスも新調しないとね」

「今から間に合う？」

「大丈夫。ギリギリだけど、今から注文すれば間に合うよ。明日、テストが終わったら選びに行こうか」

「うん」

浮かれていた。マリーとエスタニア国のことで頭がいっぱいで、ろくにテスト勉強ができない。

まぁ、なんとかなるだろう。

騎士科は実技さえ上位の成績を収めれば大丈夫だ。

こうして四日間のテストを終えると、僕たちはエスタニア国へ向かった。

お金は、マトリックさんが出世払いでいいと、貸してくれる。

流石《さすが》マトリックさん。メニーに土下座するのなら、許してくれるつもりなんだな……

アゼラン商会に見放されたら、日常生活にも困る。僕はメニーにさっさと謝ってしまおうと決めた。

エスタニア国に着くと、さっそくマトリックさんの手紙に書かれていた、アゼラン商会と親しいサセルシャス商会を訪ねる。

受付で会長に会いたいと伝えると、受付嬢が不審な顔をした。

だが、マトリックさんの紹介状を見せると、渋々、応接室に案内してくれる。

僕が若いから舐《な》めているのか？

もっと威厳のある姿になりたいと、心から思う。

応接室で待たされること一時間。やっと会長である、エルマさんがやってきた。

「マトから手紙を預かってきたカイル・ローゼンというのは君か？」

「はい。僕です。お久しぶりです」

「わたしを覚えているのか？　君と会ったのは五年以上前だと思うが」

昔、エスタニア国に家族旅行した時、エルマさんを父さんに紹介されたことがあった。

「忘れませんよ。こんな美人はそういませんから」

「ほぉ、見た目だけでなく口の利き方も変わったらしいな」

「ありがとうございます」

褒められた。好印象を与えられたか？

「で、マトの手紙は？」

「これです」

僕は紹介状を渡す。エルマさんはそれを受け取り、そっと撫《な》でた。

「中身は見たのか？」

「いえ？　見ていません」

「そうか」

見ておくべきだったのか？

エルマさんは封を切って紹介状を読むと、ニヤリと笑った。

「我が家は客を迎える予定があるので君を我が家に泊められない。代わりに宿を紹介してやる。自費になるんだが、どうする？　オーシャンビューの二級宿か、飯の旨《うま》い安宿か、それともいたれり尽くせりの最高級の宿、どれがいい？」

三択？

「カイル……最高級がいいわ」

ついてきたマリーがそう言うが、お金が……

「貸し付けてやるよ。顔馴染《なじ》みだから、利子は負けてやる」

悩んでいる僕にエルマさんが軽い口調で申し出てくれた。

利子を負けてくれるって？

エスタニアの宿となれば、帝国と並ぶほど高額だ。

いくらになるんだ？

でも、マリーと来たのだから……

うん、決めた。漢を見せよう。

父さんにまた手紙を送ればいいのだ。それに来年には騎士になるのだから、給料が出る。それで返せるはず。

「エルマさん、お願いします」

「おう、分かった。なら、これにサインしてくれ。宿泊代、土産《みやげ》代を貸そう。いくら使ったかは、後で請求明細書を送る。返済期間は三年間だ。今年で学園を卒業だったな。卒業後はしっかり働いて返してくれ」

「勿論《もちろん》です」

僕はエルマさんが差し出した紙にサインをした。

その後、彼女から宿の紹介状とサセルシャス商会の名前が入った銀色のカードを貰《もら》う。

「このカードを見せれば、請求が我が商会に来るようになっている。好きなだけ使えばいい。ただし、人に貸すなよ。扱いには気をつけろ。あと、サセルシャス商会に泥を塗るようなことはするな」

「分かりました」

これ一枚でなんでも買えると噂の魔法のカードか……。初めて見た。

マリーが目をキラキラさせている。

さぁ、これから楽しい夏休みが始まる――そう思っていた。


だが、出席したパーティーで、僕たちは散々な目に遭《あ》った。

エルマさんに城を追い出され、エスタニア国から逃げるように国に帰る。

慌《あわ》てて乗り込んだ馬車の中で、僕はエルマさんについて考えた。

彼女とは幼い頃に父さんにエスタニア国へつれていってもらった際に出会った。

輝かんばかりの姿が印象深い女性だったことを覚えている。

僕は父さんの知り合いだとばかり思っていたのだが……

その時、マリーが言った。

「ねぇ、カイル。エスタニア国って、身内贔屓《びいき》が強いっていう話があるんだけど、大丈夫だよね？」

「なんだよ、それ？？　どういうことだ？」

「身内の誰かに無礼を働いた人間とは、一生関わりを持たないと聞いたんだけど……」

その言葉を聞いて、さっと血の気が引く。

あのパーティーでエルマさんを「母様」と呼んでいた女性はなんと言っていた？

ブラナード殿下とメニルの婚約お披露目会。自国の王太子とその婚約者。ブラナード殿下の婚約者になられた第二王子殿下。そして、妹のメニー？

まさかメニーはサセルシャス商会の人間なのか？

それに、気づかなかった。

あの場にエスタニア国の王族——王太子殿下やオルタ殿下がいたことに。

かなりやばくないか？

「カイル。顔が真っ青だよ。大丈夫？」

「あ、あぁ……」

奥歯がガチガチ音を立てる。

「マリー。エスタニア国の王の名前を知ってるか？」

「えっと、セルアルディー女王よ。王位継承者は確か女性で、ブラナード様？　だっけ？」

ブラナード……

顔が思い出せないが、彼女もあの中にいたのだと思う。

「カイル。大丈夫だよ」

まるで自分に言い聞かせるように呟《つぶや》き、マリーが僕の手を握りしめる。

震えるその手を僕は強く握り返した。

屋敷に帰り、自室で荷物の整理をしていると、例のメイドがお茶を持って部屋に入ってきた。

「おかえりなさいませ。こちらはお坊ちゃまがエスタニア国に出かけている間に届いた手紙でございます」

四通の手紙を差し出す。

「疲れてるんだ。明日にしてくれ！」

相変わらず気の利かないメイドだ。

「申し訳ございません。ですが、大事な手紙のようです。一通目はマリー・エルファ様のお父君から。二通目はディスター・アゼラン様から。三通目は兄君のヘル様から。最後は速達でサセルシャス商会からになっています」

「マリーの父君？　貸して」

マリーのお父さんから？　なんだ？　結婚前の娘を我が家に泊めているから？

急いで読むと、マリーのお兄さんが犯罪に手を染め牢屋に入ったこと。自分は騎士団を辞めて他に働きに出るため、娘《マリー》を頼みたい。そう書かれていた。末尾に新しい住所も。

マリーのお兄さんが犯罪？

何が起こったんだ？

僕たちの婚約は？　僕の騎士団入りにも影響が出るんじゃないのか？

「返事を書いてくる」

「他の手紙はいかがなさいますか？」

「後だ。今はそれどころじゃない!!」

「……承知いたしました。いつもの場所に置いておきますので、必ず目をお通しください」

「分かった」

メイドを部屋から追い出し、マリーのこれからのことを相談する手紙を書いた。


手紙の返答は意外にも早かった。

弁護士らしい人が次の休みに、屋敷に来て伝えてくれたのだ。

弁護士はグレーヘアーに緑の瞳の細身の男だ。

彼は僕とマリーに丁寧《ていねい》に説明してくれる。

マリーはお兄さんの不祥事を聞いて、目を真っ赤にしてボロボロと泣き出す。

「お父君は今、北にあるユニラース国の国境警備につく傭兵として働いています」

ユニラース国？　あまり耳にしない名前だ？

だが、マリーは知っているようだ。

「ユニラース国？　魔物が出やすいって聞いたけど？」

「よくご存じですね。ですから、破格の待遇になっています。福利厚生も充実していますので、何も心配はありません」

「良かった……」

マリーは安心したように笑顔を見せるが、本当にいいのか？

魔物が出るんだぞ。危険じゃないのか！

「お父君は、王都警備騎士団団長をされていたとお聞きしました。充分なご活躍が期待できますね。お母君も、社交的なところがおありだと聞き及んでおりますが、女性が活躍する場で働いておられます。こちらもご心配はありません」

マリーのお母さんが働いている場所については具体的なことを言わない。

「兄君はもうしばらく……裁判が終わるまでは、牢の中でしょう。いずれ、横領《おうりょう》の返済をするために働くことにはなると思います。その際は、然《しか》るべきお仕事を斡旋《あっせん》させていただきます。ご両親のご希望でもありますので、マリー様は学園をきちんと卒業してください。費用は後見人の方が出してくださるそうなので、念のためにこれにサインしていただけますでしょうか？」

男は一枚の契約書を出した。

「後見人とは誰ですか？」

僕が尋ねると、細い眉を垂れ微笑《ほほえ》む。

「お相手の希望でお名前を申しあげることはできません」

そう言われると、これ以上追及できない。

マリーは契約書にサインした。

「後見の条件として、一日も休まずに学園に通うよう、お願いします。学園内で揉《も》め事《ごと》を起こさないこと。あと、無駄な出費は控えること。最後に、学年で五位以内の成績を保つこと。もし破れば学費の免除はなくなることをお忘れなきよう。契約違反があれば、かかった費用の返済のために後見人が決めた仕事に就《つ》いてもらうことになりますので、ご留意ください。お二人の未来のためにもお気をつけください」

「守れば、学費を払わなくてもいいのね」

「そうです。何も難しくないはずです」

確かに、難しい話ではない。

これまでのように生活すれば良いことなのだから。

僕らは笑って彼を見送った。

これから起こる困難について予想することもなく。

夏休みが終わり、新学期になった。

クラスに入った僕は、同級生らに一斉に視線を逸《そ》らされる。

集団無視だ。

今までなら、僕の周りには人が集まっていた。なのに、誰一人声を掛けてもくれない。

「どうしたんだ？　マルク」

仲の良いマルクに近寄る。

「……いや、すまん。ちょっと……」

彼はモゴモゴと言い訳を口にしながら席を立つ。

「おい!!」

マルクは奴にかけ寄った。

奴とは勿論《もちろん》、昨年転入してきた、オシニア帝国のアルセス・ビストラスである。彼は公爵家の嫡男。

何故《なぜ》、帝国の公爵子息がローゼルク国の騎士科にいるんだ⁉　自国でいいだろう‼

そういえば、奴はエスタニア国にもいた。あのストーキング女の婚約者として。

今、奴の周りには人が集まっている。

以前からいけすかないと思っていたので、僕は視界に入れないようにしていた。

ちらりと視線をやると、奴は冷酷な目つきでこちらを見ている。

思わず目を逸《そ》らし、教室を出た。

授業前という短い時間ではマリーに会いに行くこともできない。

教室の近くを歩いていると、経済科時代からの友人、ドレイクとフリットが歩いてくるのが見えた。入学当初から馬が合い、ずっと仲良くしている二人だ。

彼らはそろって顔色が悪い。

「よぉ‼」

「カイル」

声を掛けると僕を見て、眉を寄せる。

「騎士科《こっち》に用か？」

「……ああっ。授業の一環で騎士科の会計を見せてもらいにな」

「ドレイク！」

フリットが慌《あわ》てたように声を上げたが、ドレイクは軽蔑《けいべつ》のこもった目で僕を見た。

「ちょうどお前に会えて良かったよ。言いたいことがあったんだ。お前の嘘のせいで、酷《ひど》いことになったよ、俺ら」

「ドレイク!! よせ！」

「そうだろ！ 悪役令嬢の話を信じたがために、俺は家を追い出されたんだ。フリット、お前もだろ！」

「はぁ？」

追い出された？

「僕らも君の言葉を真に受けたのは良くなかったとは思う。だがせめて、名前を教えてくれていたならと思うよ。僕らは君の元婚約者の親に睨《にら》まれたんだ」

「おじさんが何したんだ？」

「やっぱり、敢《あ》えて名前を伏せてたんだね」

ドレイクが呆《あき》れたように言う。

「俺たちの未来は閉ざされ、平民としてやっていくしかなくなった。お前と関わってしまったことでね。何が、しがない子爵の商会だよ。夢見た憧れの商会だったんだ。そこで働くという希望が露《つゆ》と消えたんだ」

彼は拳《こぶし》に力をこめる。フリットもその腕を固く握っていた。

彼らがアゼラン商会に就職するために頑張っていたことは知っていた。あそこに入れば、箔《はく》がつく。自分で店を持つ時も援助金が支払われ、信用も得られやすいと聞いたこともある。

だから、言わなかっただけなのに……

「しかもさ、エスタニア国のサセルシャス商会にまで睨《にら》まれて、就職さえままならない状況なんだ」

ドレイクが自嘲《じちょう》気味に笑った。

エスタニア国まで関係している？

「お前とはこれ以上、関わりたくない。今後は話しかけないでくれ」

「じゃあな、カイル」

二人は行ってしまった。

僕は大切な友人を二人なくした。


その後、新学期すぐのアンケートがあった。

悪役令嬢や虐《いじ》めに関するもので、いい気分はしない。

教室の空気もどんよりとしている。

「エスタニア国に入国禁止になったらしい……」

「エスタニア国の王族を怒らせたんだって」

あちこちで僕に対する陰口が聞こえた。

誰もが悪役令嬢の噂をピタリとしなくなる。

代わりに僕のことを「ホラ吹き男」「狂言癖のある不貞男《ふてい》」と呼ぶ。

僕は一人ぼっちになった。

学校中の者が僕を軽蔑《けいべつ》の眼差《まなざ》しで見るので、居心地が悪い。

声を掛けても、皆よそよそしい態度で視線を逸《そ》らす。それなのに、自分が見ていない時は悪意のある視線を感じた。

アルセスが指示しているのかと思ったが、そうではない。

奴は無言を貫《つらぬ》き通《とお》している。僕を見ることも、僕の悪口を言うことも、僕に声を掛けてくることもなかった。

すべてがきつい。

マリーも、同様だと言う。

「婚約者がいる男に色目を使った阿婆擦《あばず》れ女」と言われ出したのだ。

「真実の愛」はどこに行った？

皆、憧れていたじゃないか。羨《うらや》んでいたじゃないか！

追い込まれたマリーは学園に行きたがらず、とうとう休む。

そう、休んだのだ。

それが約束を破ることだと思い出したのは、彼女が泣きに泣いて学園を休んだ後だった。

仕方なく毎日泣くマリーを慰《なぐさ》めながら、学園に行く。

一ヶ月経っても状況は変わらない。

「――カイル様。サセルシャス商会よりお手紙が来ております」

ある日、例の小賢《こざか》しいメイドが手紙を差し出した。

封筒には、でかでかとサセルシャス商会の印が押されている。

サセルシャス商会から来たこの時期の手紙となると、アレしかない。

そう、エスタニア国で使ったお金の請求書だ、間違いなく、絶対に。

開けるのが怖い。

いくらになっているのか、想像するだけで震えた。

僕はゴクリと唾を飲む。

今日は……無理だ。

心の準備がまだできていない。開けたくない。

「……明日見る。いつものところに置いといてくれ」

「ですが、書留で来ております。きっと大切なお手紙ですので、今すぐお読みになられたほうがよろしいのでは？」

「うるさい。明日だ。明日読むから、置いとけ」

僕に命令をするな!!　たかがメイドが!!

「……かしこまりました。必ずお読みください」

メイドはそれだけを言って去る。

明日。明日、読む。

明日ならもっと穏やかな気持ちになれるだろう。きっと……

……そうだ、早く騎士団の入団試験の申し込みをしよう。稼がなくては……

父さんにも手紙を出そう。少しだけでも返済の手助けをしてもらいたい。

どう書こうか……。怒られないように、穏便に事《こと》を進めたい。

考えること、することが多すぎて、僕は頭をかかえた。

◆　◆　◆　エミリアの話　その2

夏休みが終わり、新学期が始まると異例なことが起きました。

学園長が突然、辞任したのです。

そして、関係があるのか分かりませんが、アンケートが配られました。

質問は百項目以上。主に悪役令嬢や虐《いじ》めについて……

とてもではないですが、回答できません。

でも、「嫌いな人物を書きなさい」「虐《いじ》めをしている人を一人あげなさい」という質問には答えました。匿名《とくめい》で出すのですから、私が書いたなど誰も思わないでしょう。

それからです。

毎年、早々と決まっていくはずの三年生の就職先や結婚相手が、なかなか決まらなくなったのは。

将来が決まった方は、ほんの一握りだけです。

決まらない者は、どこかギクシャクし始めました。

クラス中、泣きそうな表情の者や真っ青な顔色の者ばかり。

そんな方の話は四種類です。

「アゼラン商会との取引ができなくなって家が傾いた」

「婚約者に婚約を破棄され、訳あり人物の後妻に入ることになった」

「修道院に入れられる」

「どこも雇ってくれない」

全員、マリー様を虐《いじ》めていた方でした。

その雰囲気の中、第二王子殿下は無言を貫《つらぬ》き通《とお》していました。

そして、私も……


「――お父様どういうことですの？　四十歳も上の男性に嫁《とつ》げって、何を考えていらっしゃるのですか？」

あり得ない。

自分で言うのもなんですが、私はまだ花も恥じらう乙女です。

結婚相手に理想だってあります。

貴族の娘ですから、政略結婚をしなければいけないことは分かっています。でもそれは、自分と同じくらいの身分で若くて格好良い……いえ、せめて優しい方が相手であって、四十歳も上のおじさんではありません。

「決まったことだ」

「だから、何故《なぜ》ですか？」

お父様は親指で眉間《みけん》をほぐしました。困った時や呆《あき》れた時にする仕草です。

横に立つお母様の表情は、ビスクドールのように無表情でした。

「自分が何をしたのか、分かっていないのか？」

「えっ？」

「同級生を虐《いじ》めていたそうだな」

「それは……」

どうして、知っているの？

すぐに、あのアンケートだと思い当たります。

誰かが私の名前を書いた？

お父様の呆《あき》れた声を聞いて血の気が引きました。

「真面目に勉学に取り組んでいるのかと思えば……」

「ち、違うの、私は……そう、命令されたの！　命令されて、仕方なく……どうしようもなくてっ」

「命令？　誰に？」

「あっ、あくやく、れいじょう……」

「それは誰だ？　名前は？　身分は？」

「なまえ？　それは……。し、子爵よ。身分は!!」

「何子爵だ！」

お父様がバンッと机を叩《たた》きました。

ひっ……

私はビクッと肩を揺らします。

怖い。

こんな怖いお父様は見たことがありません。

あまりの剣幕に、私は涙を浮かべ自分をかき抱くようにして震えました。

「答えろ！」

「し、知らない。知らないの」

「何故《なぜ》知らない？　なら、どうやって命令された？　会ったことがあるんだろう？」

「会ったことは、ないですっ」

「会ったことがない？　お前は会ったこともない人間の命令に従うほど、愚か者だったのか？」

「違う！　違うの。お父様。ごめんなさい！　命令されたのは嘘なの!!　相手にムカついて……！」

私は首を横に何度も振り、泣きながら訴えました。

愚か者……

嫌だ、お父様にそんなこと言われたくない。落胆されたくない。

そこで、再び机を叩《たた》く大きな音が響きました。

お父様が立ち上がります。怒りのあまり、肩で息をしていました。

「自分が何をしたのか分かっているのか？　その悪役令嬢とやらの父親から抗議文が来た。お前のやったことを確認しろと書かれている」

私は力が抜けて、へたっ、とその場に座り込みました。

お父様も力尽きたように再び椅子に座ります。

「……自分で悪いことをしていたんだと気がついてほしかった……」

口元も身体もワナワナと震えていました。

私も涙と鼻水で顔を汚してしまいます。

「お前に拒否権はない。……いいな」

「……、は、い……」

自分の行いのせいでしょうか？

「あ……あの、悪役令嬢の父親とは誰、ですか？」

お父様は何も言いません。お母様が横目でチラリと私を見ました。

「あなたは知らなくていいわ。どうしても知りたいなら自分で見つけなさい」

静かな声です。

……悪役令嬢と呼ばれていたのが誰だったのか、私は分かった気がしました。

何故《なぜ》なら――

「ご自分で責任を取れるのですか？」

あの声が頭の中で聞こえてきたのです。
そして、友達の嘆《なげ》き……
メニル・アゼラン子爵令嬢。
これから私は自分の責任を取らなくてはならないでしょう。
私たちは本人の前で悪役令嬢を騙《かた》ってマリー様を虐《いじ》めていたのですから……

第五章

ずっと続いていた、悪役令嬢に命令されたと称するクラスの女の子たちからのマリー様への虐《いじ》めは、ある日を境《さかい》にピタリとなくなった。

代わりに、みんなマリー様を遠巻きにして、ヒソヒソと噂話をしている。

「彼女、エスタニア国の入国を禁止されたんだって」

この噂は、ララ姉さんが国内外にあるサセルシャス商会関連の店に彼女たちを出禁にしたせいだ。

けれど、これほど遠く広範囲に知られたのは、お父様が深く関わっているせいだろう。

わたしを見る彼女たちの目はオドオドとしたものだ。怖がられてる……

もう友達はできないに違いない。

ラフィシアがいるから、気にしないけれど。

学園長先生は辞任した。

理由は、悪質な噂の蔓延《まんえん》を見過ごしていたから。

お兄様が聞いてきたところによると、夏休みの間に学園の理事たちに呼び出されたらしい。

話し合いを終えて部屋から出てきた学園長先生は、十歳以上老《ふ》けて見えたと人伝《ひとづて》に聞いた。

新しい学園長は王太子殿下の元家庭教師に決まったそうだ。

お父様は学園のことには一切口を出さなかった。

これはアゼラン商会がやることではないから、と。

今更だと思ったけど、口にはしなかった。

元学園長先生は、田舎《いなか》でのんびりと暮らすことにしたようだが、果たして本当にそうしているかは分からない。

一番のとばっちりを受けたのは新しい学園長だ。元学園長の後始末にてんてこ舞いしている。

そんな中で広がる次なる噂に、彼は頭を抱えていた。事情をよく知るブローク先生と一年生の担任のエリオット先生、リリアーヌ先生を駆り出して、鎮圧にあたる。

「例の二人は第二王子にも嘘を吐《つ》いていた」

でも、上手《うま》くいっていない。噂が噂を呼んでいた。

そんな話がきっかけだったらしい。


「――あの二人、見る度に背中が丸くなっていますわね」

メニエルが呟《つぶや》いた。

一緒にお茶を飲みながら、わたしもカイル様とマリー様を観察する。

以前の輝かんばかりの姿はない。俯《うつむ》き、重い足取りで歩いている。髪の色さえくすんで見えた。

「メニル。同情してはダメよ。彼らがされているのは以前のメニルが彼らにされたこと。名前が知られていなかったから酷《ひど》くはならなかったけど、一歩間違えれば、メニルがあの姿になっていたの。

彼らは自分のしたことが返ってきただけ。自業自得なんだからね」

わたしはくっと口元を引き締めた。

分かっている。

今度こそカイル様も自分のしたことを理解し反省してくれるだろう、そう祈った。

◆　◆　◆　カイルの話　その4

騎士科の必修科目である歴史の授業後。僕は数学担当のブローク先生から名前を呼ばれた。

担任であるロブ先生の代わりに相談にのってくれるらしい。

「最近、噂に苦しめられているようだが、大丈夫か？」

学園一柔和だと有名な先生だけあり、彼はのんびりと聞いてくる。

「正直……辛《つら》いです。休みたいです……」

休みたい。家にこもっていたい。誰にも会いたくない。

だが、真面目に出席しないと、これからの進路にも関わってくる。

どんなことがあろうと休めないし、単位も落とせない。

「そうか……。悪役令嬢もこんな気持ちだったのかもな？」

「…………」

ここでも悪役令嬢だ、どこまで僕につきまとってくるのか。

「僕は名前を口にしてはいません!!」

イラッとして強い口調になる。ブローク先生は穏やかな目で僕を見た。

「そうだね。でも、彼女は名前も言えなかっただろうね。君の婚約者と知られれば、糾弾《きゅうだん》されただろうから」

「それなら、僕に直接会って文句を言えば良かったんだ！」

「カイル君。君は彼女の気持ちを考えたことがあるかい？　学園に入って聞かされたのは、君とマリー嬢への好意的な噂で、自分は悪役令嬢と呼ばれている。彼女はどんな気持ちだったんだろうね。それを聞いて、言いに行けると思うの？　怖かったはずだよ」

知らない!!　知るわけない。

ブローク先生はそこで話を打ち切った。僕にこれ以上言っても仕方がないと言わんばかりに。

悔しい。

僕の気持ちは誰も理解してくれなかった。

その後、ブローク先生は僕を学園長室に案内する。

中に入ると、学園長とロブ先生、王宮騎士団の団長であるブライダー・アンレック様が座っていた。

ブライダー様は騎士科の憧れの人物だ。国の英雄と称えられている。

がっしりとした体格。強い眼差《まなざ》し。

そんな方に直接会えるとは、今日はついているのでは、と思ってしまう。

「カイル・ローゼン。座れ」

ロブ先生に言われ、僕は椅子に座った。

なんだろう。期待していいんだよな。

僕は期待に胸を膨らませた。

「これは受け取れない」

ブライダー様が一通の封書を差し出す。

それは、入団試験を受けるために騎士団へ送った、僕の願書だった。

封さえ切られていない。

「どうして……？」

自分のものでないかのような掠《かす》れた声が出る。

「君の行いは騎士団にまで聞こえている。学園での実技の成績が良くても、生活面や行動面で問題があれば、入団試験を受ける資格がない。なんでも君は元婚約者を必要以上にしつこく悪様《あしざま》に言ったそうだね」

「名前は出してませんっ！」

「それがどうしたんだい？　たまたま誰も知りたがらなかっただけ。もし、誰かが名前を暴いていたら、彼女はどうなっていた？」

どうなっていたって……

「何もしていないんだろう？　その元婚約者は？」

「それは……」

「もし、名前が出ていたら、彼女は死ぬほど辛《つら》い思いをしただろうね」

「でも、実際は出ていません」

「それは結果論だ。騎士は人を護《まも》る仕事、誰かを辛《つら》い目に遭《あ》わせるなんてもってのほかだ。加えて、君の家での様子も調べが付いている」

「家？」

「手紙を放置していると聞いているが？」

どうして知っているんだ？

「自分にとって好ましい手紙は読んでも、他の必要な手紙は見ていないようだな」

誰だ？？　誰が教えた？

イライラが募《つの》る。

忌々《いまいま》しい。僕の未来を踏《ふ》み躙《にじ》るのか？

「更に君にはかなりの借金があると聞く」

それも知っている？　さすがに嘘をつくわけにはいかない。

「……はい。確かにあります……。ですが、騎士団に入ってから返すつもりです！」

「騎士道とは、誠実。忠義。礼節。勤勉。弱者には優しく、強者には勇ましく振る舞う。民を守る盾、敵を討つ矛《ほこ》となること。……君はどれもできていないだろう……」

息が詰《つ》まった。

「君だけの大切な女性を護《まも》るつもりなら、それで別に構わない。だが、君の行動は国を護《まも》る騎士にそぐわないよ。君に騎士は向いていない」

僕は拳《こぶし》を握りしめた。爪が掌《てのひら》に食い込む。

言い返すことができなかった。

こうして、騎士になる夢が潰《つい》えた――

◆　◆　◆　マリーの話　その2

夏休みが明けてから、私への虐《いじ》めがピタリと止《や》んだ。

代わりに、噂が飛び交う。

「彼女、エスタニア国に入国禁止になったらしいよ」

「エスタニア国の王族を怒らせたんだって」

「例の悪役令嬢がエスタニア国の関係者だったそうだよ」

誰もが私を白い目で見てくる。

まだ虐《いじ》めのほうがマシだった。物を隠されたり、壊されたりするほうが分かりやすくて良い。

噂話が怖いなんて知らなかった。いつの間にか尾ひれと背ひれをつけて一人歩きしている。

もう学園には行きたくない。

でも、毎日行かなければならなかった。

以前来た弁護士の言葉があるから。

既《すで》に一日休んでいる。

カイルは「あれは、病気で仕方なく休んだんだよ」と言ってくれた。そう、仕方なかったのだ。

もうお父様もお母様もいない。

助けてほしいのに、誰も助けてくれない。

私は一人ぼっち。

カイルだけが頼りだ。

就職も決まらない。

カイルのお店は店長が変わったらしく、手伝えないと言われた。

仕方がないので、他の仕事を探すものの面接にすら漕《こ》ぎ着《つ》けない。

どうして？

「大丈夫か？」

学園の中庭で一人、うずくまる私に保健医のリリアーヌ先生が近づいてきた。

「顔色が悪い。少し休みな」

保健室に連れていかれる。そこでリリアーヌ先生は温かいミルクティーを出してくれた。

「先生。私、もうどうしたらいいのか分かりません」

涙が溢《あふ》れる。

「マリーさん。何故《なぜ》こんなことになったか、考えたことはある？」

どういう意味だろう？

何故《なぜ》こんなことになったのかなんて分からない。何故《なぜ》なの？

「君は婚約者がいる男性をたぶらかしたんだ」

「たぶらかしてなんていません」

「君からすれば、そうかもしれないが、傍《はた》から見ればそう見える」

「そんな……」

「それに君は、自分が口にしていた悪役令嬢に会ったことがあるのかい？　彼女のことをどれだけ知っている？」

醜悪《しゅうあく》だって知っているわ。

でも、見たことはない。

「自分の目で見たのかい？　知ろうとしたかい？」

「……でも……」

「その子の顔は？」

「……知らない……」

「悪役令嬢も今の君みたいに泣きたかったんじゃないかな？」

そんなのただの空想よ。私のほうが辛《つら》いわ。

知らない人のことは、私に関係ない。

「……先生は私が悪いって言うの？　酷《ひど》い……。先生なら、分かってくれると思ったのに!!」

「マリーさん？？」

ミルクティーがこぼれるのも構わずばんっと机を叩《たた》き、私は保健室を飛び出した。

私を見てよ。

私は辛《つら》いの、分かってくれてもいいじゃない！

涙を拭きながら歩く。

忙しくなってしまったカイルに学園内では会えない、私は一人。

寂しい。

ふと、前を見ると、ガゼボにエスタニア国で見た人たちがいた。

確か、アゼラン商会の娘だ。

カイル様につきまとっていたらしい女性。

それと、エプトン公爵令嬢と、カイルが自分の婚約者だと間違えた伯爵令嬢、あと、帝国の方だったはず。

彼女たちは、私を虐《いじ》めなかった。

彼女たちと親友になれたなら、私は以前のように戻れるかもしれない。

こんな悪い噂、払拭《ふっしょく》できるかも。

エスタニア国でも強い立場にありそうな彼女たちの友人ということで出禁も許してくれるはず。

上手《うま》くいけば、帝国とも繋がれる。

私はガゼボに近づいた。

「あのぉ〜」

声を掛けると、彼女たちはピタリと喋《しゃべ》るのをやめて私を見る。

「私とお友達になってくれませんか」

「……？」

「私のこと、知ってますよね。私、困っているの。だから助けて!!」

私がウルウルした目でお願いすれば、誰もが助けてくれる。そう思ったのに……

「どうして？」

アゼラン商会の娘が首を傾《かし》げて聞いてきた。

「あなたは以前、ロバース伯爵令嬢を悪役呼ばわりしたことを謝っていませんよね。エスタニア国でわたしに罵声《ばせい》を浴びせたことも。それなのに助けてほしいとは、虫が良すぎませんか？」

虫が良すぎるなんて、酷《ひど》い。

「あれは……カイルが……」

「そうかもしれませんが、あなたは傍《そば》にいましたよね？」

「…………」

「あなたはあの方の恋人ですよね？」

「……そう、よ？」

「でしたら、あなたにも多少の責任があるのでは？　謝ってもいただけない方とは、お友達にはなれません」

ちょっと謝らないだけで友達にはなれないなんて、あり得ない。

私が困っているのを知っていながら、そんなことを言うなんて酷《ひど》すぎる。アゼラン商会の娘だから調子に乗ってるのね。みんなと同じじゃない!!

「虐《いじ》めだわ!!」

そう叫ぶと、彼女はびっくりした顔になる。

「カイルに言いつけてやる!!」

そう叫んで、私はその場を離れた。

◇◇◇

わたしは走っていくマリー様を呆然《ぼうぜん》と見送った。

「ラフィ……」

ぎこちない動きでラフィニアを見る。

「わたし、変なこと言った?」

彼女はゆっくりと首を横に振った。

「全然、変じゃないわよ」

遠い目になってる。

メニエルもアルセスも、訳が分からないといった表情。

「あの子、大丈夫？　あそこまで言っても謝らないなんて……」

「それにまだ、自分の恋人の元婚約者が誰か知らないんだな」

「凄《すご》い神経ですわね」

「元婚約者の恋人と友達になれるはずなんてありません……」

わたしたちはうんうんと頷《うなず》き合う。

そんなことができる女性は、わたしの知る限りお母様だけ。

わたしはお母様の偉大さを、今知った。

第六章

バタバタと日が経った。

わたしは卒業後、王太子殿下の挙式を見届けてから、アルセスと一緒にオシニア帝国へ行く。向こうで公爵夫人としての教育を受け、秋頃に結婚式の予定だ。

その打ち合わせで帝国と行ったり来たりしているので、とても忙しい。

お兄様とラフィシアは次の春、メニエルと兄さんはその夏に結婚、とお祝い事が続く。お父様とお母様は、てんてこ舞いだ。

でも、その顔は疲れより、喜びでいっぱい。「忙しい」「疲れた」と言う文句も笑顔で掻《か》き消《け》されていた。

そして今日は卒業式。

アルセスからの贈り物のドレスは軽くて華やかだ。わたしの茶金色の髪によく映える青いドレス。下にいくほど黒みを帯《お》びている。

黒はアルセスの色。ドキドキする。

わたしはアルセスから貰《もら》ったネックレスをつけた。そしてもう一つ、イミテーションの青い石が入った花の形のネックレスを手にする。

傷つかないよう小箱に入れて持ち運ぶ。

最後のケジメをつけるために。

迎えに来てくれたアルセスの顔が綻《ほころ》んでいる。

優しい眼差《まなざ》しに胸がドキドキした。

「綺麗だ」

「アルセスも格好良い……」

ウオッホン！

その時、後ろでお父様の咳払《せきばら》いが聞こえる。

「親の前では程々に」

「あら、初々《ういうい》しくて、いいじゃない」

お父様とお母様がわたしの見送りに来てくれていた。

「後から行くわね～」

「はい。行って参ります」

わたしとアルセスは馬車に乗った。アルセスの視線がわたしの手にした箱に向けられる。

「その箱……」

「うん。ケジメをつけようと思って」

「……それでも妬《や》けるな」

彼の意外な言葉に、わたしは笑ってしまった。箱を開けて中身を見せる。

「本物の宝石とイミテーションのネックレス。アルセスと彼、その関係と同じね」

「でも、メニルの彼への想いは本物だった」

「うん。でも、イミテーションはイミテーション。本物になることはない。紛《まが》い物《もの》だったからこそ、わたしはあなたに出会うことができた。アルセス、ありがとう」

「メニル……」

わたしたちは手を握り合った。


会場に行くと、ラフィシアが待っていた。

彼女はお兄様の色をまとっている。

お兄様はどれだけ独占欲が強いのか？

胸元のエメラルドの宝石が一際輝いていた。

「この姿、どうかしら？」

ラフィシアが真っ赤な顔で聞いてくる。

「似合ってるわ。お義姉様」

「メニル!!」

ふふふっと笑い合う。

「似合ってる。マトリックさんも喜ぶだろうね。パーティーには来るの？」

「エスコートしてくれるわ」

「お兄様、朝からソワソワしてたよ」

さあ、行きましょう。わたしたちの晴れの舞台に。

三人で会場に足を踏み入れた。

わたしは卒業生答辞を読むことになっている。

年間総合成績が一位だったのだ。二位はラフィシア。三位は第二王子殿下で、四位はアルセス。

マリー様は十位と成績を下げ、カイル様は下から数えるほうが早い。

本来、答辞は第二王子殿下に譲るべきところだが、王太子殿下のお言葉で一位であるわたしに決まった。学園長も異論を唱えなかった。

「——答辞。メニル・アゼラン」

「はい」

わたしが壇上に上がると、会場中がざわつく。

そして、視界の端に目を大きく開けてわたしを見るカイル様の顔が見えた。

◆　◆　◆　カイルの話　その5

騎士団の入団テストが受けられないと告げられた日。

屋敷に帰ると、マリーが待っていた。

泣きじゃくるマリー。

なんでも、エスタニア国で会った彼女たち《ストーカー》に遭遇したのだと言う。

「謝れ」と強要されたらしい。

確かに、僕も謝っていない。

だが、それは彼女らが悪いのだ。

似た名前だったのが悪いのだし、ストーカーをしていたのは事実だから。彼女ら自身のせいではないか。

それからのマリーは学園を休みたがった。

……心の病気。いや、風邪をひいたのだ。

弁護士に学園を休む旨《むね》を手紙に書いて送る。

病気ならば仕方ないと返事が来てほっとしたが、学園を休むことで別の問題が起こった。

夏休み前のテストでは、マリーはギリギリの五位。

だが、冬休みの間、二人で遊び回ったり学園を休んだりしたことで勉強が次第に遅れ、マリーは学年末のテストでは十二位。総合成績十位だったのだ。

僕もかなり成績を落とした。精神的にきつかったせいだ。

そして、掲示板に貼られた成績表を見て初めて知る。

メニーが一位なのを。

メニーが三年にいる。しかも、一位。

理解できなかった。

いつからメニーが三年生に在籍していたのか、不思議だ。

そして、メニーが……メニル・アゼランという名前であることも知る。

だが、どこに……どこにいるのか、捜すことはできなかった。

騎士団の入団テストが受けられず、他の就職先を探し回っていたからだ。勿論《もちろん》、その間、授業を休むことはできない。

就職の面接はことごとく落ちた。

「君の噂は知っている」

この言葉を何度も聞く。

無情にも、僕を雇ってくれるところはなかった。

マリーも就職口を見つけられないでいる。

学園内でこそマリーのお兄さんの噂は出回らなかったが、学園外では注目の話題だったため、気が弱い彼女には就職活動をすること自体が無理だったのだ。

学園を卒業したら、自分たちのことを知らない隣国に行って暮らそうと僕は約束した。

みじめだった。

だからこそ、最後の卒業は華やかにしよう。

父さんたちとは連絡が取れなかったので、一か八かでおじさんにお願いして、服を新調してもらった。

美しいマリー。

綺麗な青いドレスに身を包んだ彼女は久々の笑みを浮かべた。

二人で卒業式に出る。

いい思い出も悪い思い出もあった、学園生活。これで、終わりだ。

学園長の祝いの言葉、在校生の送辞を聞く。

最後に、卒業生答辞。

オルタ殿下の最後の言葉が聞ける……、そう思っていると、意外な名前が呼ばれた。

「メニル・アゼラン」

「はい」

壇上に立つ、女性。

茶金色の髪に緑の瞳。

あれは……

あの時のストーカーの女の子だ。

エスタニア国でも会った。

い、彼女がメニーだったのか??

そんな……

メニーのせいで僕の人生がめちゃくちゃになったのに、君は堂々と壇上から僕を見下ろすのか!!

もっと早く現れて、自分が婚約者なんだときちんと言えよ。

すべて君のせいだ！

許せない。許せない!!

メニー!

僕はみんなの前で「悪役令嬢」と罵《ののし》ってやりたかった。

◇　◇　◇

卒業式が無事終わり、パーティーが始まった。

卒業生の両親や兄弟、婚約者も招待される特別なパーティー。

ラフィシアのエスコートとして、お兄様が現れる。顔をデレデレさせているので、わたしは足を踏んであげた。

「いっ!」

「だらしないです。もっとキリッとしてください。ラフィが可哀想よ」

「……すまない」

お兄様は素直に返事をする。

ラフィシアのためなら、きちんとするんだ。彼女に感謝しなきゃ。

そしてわたしはアルセスとダンスをする。

楽しくて、時間を忘れそう。

ところがそこで、よく知る声が会場に響く。

「メニル・アゼラン！　悪役令嬢出てこい!!」
まさか、今になっても「悪役令嬢」呼ばわりされるとは思ってもいなかった。
アルセスの目の色が変わる。
お兄様とラフィシアも顔色を変えた。二人の目には怒りが宿っている。
わたしは愛されている。
お父様、お母様から。母さんに、お兄様、兄さんたちや姉さんからも。
そして、親友のラフィシア。大事な人、アルセスからも。
だから怖くはない。
以前のように歯を食いしばって胸の痛みを耐えることはない。
わたしはカイル様の前に進み出た。
真っ直ぐ、彼を見る。
わたしのすぐ後ろにアルセスがいてくれた。
大丈夫。怖くない。
「お久しぶりです。なんでしょうか？　カイル・ローゼン様」
とびきりの笑みを作ってみせた。
「メニー、どういうつもりだ！」
彼が叫ぶ。
どういうつもりだと言われても、意味が分からない。

「なんのことでしょうか？」

「何故《なぜ》、今まで黙っていたんだ!!」

「何をですか？」

「君が僕の婚約者だということだよ」

「元婚約者です」

「そんなことはどうでもいい。何故《なぜ》、言わなかったのかを聞いているんだ！」

カイル様は周囲の方々の表情に気づいていない。

「言いましたよ」

「はぁ？」

「一昨年《おととし》の夏休み前にあなたの前で言いました。『わたしはカイル様の婚約者、ですよ？』と。ですが、あなたはわたしをストーカー呼ばわりいたしました」

「お前がきちんと言わなかったのが悪いんだろ!!」

「いいえ、あなたが聞く耳をもたず、決めつけたのです。わたしの名前さえ碌《ろく》に覚えていなかったことに愕然《がくぜん》としました」

「家名を言わなかっただろう!!」

「……幼馴染《おさななじみ》でもある婚約者に、わざわざ家名まで名乗って自己紹介するものですか？」

「くっ……」

カイル様の言い分には呆《あき》れる。

誰が、見知った相手にフルネームで挨拶《あいさつ》するのか？　初めて会う人物ではないのだから。

「し、知らない、知らない!!　お前は嘘をついてるんだ！　たかが子爵不情《ふぜい》のくせに!!」

駄々をこねる子どもですか？

「あの場にはラフィシア・エプトン公爵令嬢もいましたわ。それでも嘘だと言われるのですか？」

会場中が騒《ざわ》めく。

カイル様が身体をわなわなと震わせる。

ここに来てようやく自分に味方がいないことを理解し始めたようだ。

「手紙にも『メニル』と署名してお送りしておりました。まさか、筆跡だけで送り主を判断していたわけではありませんよね？」

わたしのフルネームを知る機会などいくらでもあった。そもそも、知らないほうがおかしいのだ。

「……悪いか？」

この男……

目の前の顔をひっぱ叩いてやりたい。

でも、我慢する。

まだだ。

「反省されていないのですね？　メニー《わたし》に対するカイル様の気持ちはよおく分かりました。ご自分の立場を理解されていなかったということも……」

笑顔を保ちたいのに、頬が引《ひ》き攣《つ》りそう。

怒りが増しすぎて、上手《うま》く笑えない。

「お父様、やっちゃってください」

これ以上は無理。

わたしは後ろで見守ってくれていた、お父様に助けを求めた。

◆　◆　◆　カイルの話　その6

メニーと話していたはずが、気がつくと目の前におじさんが立っていた。

やっと彼女を追い詰《つ》めることができるというのに、邪魔だ。

どうして、メニーの親はいて、僕の両親はいないのか！　親は親で話し合い、子どもの諍《いさか》いには口を出さないものだろう。

周囲に視線をやっても、誰も僕と目を合わせようとしない。そんな中、ヘル兄さんを見つける。

僕の卒業を祝いに来ていたんだ。

安心して、縋《すが》りつきたくなった。

でも、兄さんの視線は冷たい。知らない人を見るような目で僕を見ている。

「お前さぁ、ちゃんと手紙を読んでないだろう？」

そう言って、おじさんが指を鳴らす。

すると、我が家のあのメイドが現れた。その手には未開封の手紙を沢山《たくさん》乗せたトレイを持っている。

「こいつは妻の秘書でね、優秀なんだ。彼女からきちんと手紙を読むように言われなかったか？」

言われた。何度も確認された。

しつこく促《うなが》され、鬱陶《うっとう》しかった。

でも、僕は読まなかった。

おじさんが手紙を取り上げ封を切る。

「我が家からは、夏休み以降の授業料などに関する確認を求める書類。ヘルからは、お前の両親の離婚の知らせと今後一切お前に関わらないと宣言する手紙。サセルシャスからは、商会の信用を落とした損害賠償の通告書だな」

両親の離婚？？　僕と関わらない？

どうしてそんなことになっている？

「ん？　サセルシャス商会の請求書も開けていないのか？　……これはまた、思い切って使ったな。賠償金も加算されているから、すごいぞ」

おじさんは紙を僕に向けた。

ゼロの数が一、二、三、四、五、六、七、八……？

あり得ない。どこの国家予算だ!?

「法外だ！　そんなのは嘘だ！」

「事実だ。ほら、別紙がある。『これを不服とするならば、手紙の到着後一ヶ月半以内に、異議申し立ての申請をすることができる』とあるだろう」

「見ていない。そのメイドが隠していたんだろう!!」

僕をはめるために、わざと見せなかったんだ!!

「お前宛ての大事な書類はすべて書留にしたんだ。そして、彼女に手紙の受け取り日時を記載することと、君に声を掛けることも指示した。我々は見てほしかったからね。見なかったのはお前だろう」

おじさんは別の手紙も開ける。

「こっちは捨てられているかと思って、ひやひやしたよ。ほら、この手紙はお前が貴族の地位を失ったと知らせる手紙、一族からの縁切状。お前の両親はそれを破ったから、私のもとで働いている。ブライドはオーランド国でサファイアの採掘、シエルは有能だから、私が管理している孤児院で女の子たちに刺繍《ししゅう》の手ほどきをしてるよ」

そんな手紙見ていない。いつのだよ。

知らない、知らない!!

そこでおじさんの口調が優しいものに変わる。

「誰だって失敗することはある。一回の失敗でここまで責め立てる気はなかった。特にお前は、親に放置されていたようだしね。だが、どこが悪かったのか振り返り、再起するチャンスを潰したのはお前自身だよ」

いつ、そんなチャンスがあったと言うんだ!

力が抜け、がっくりと膝《ひざ》をつく。

「私たちは何度もお前にすすめた。手紙を読め。ブライドやヘルに会って話を聞け、と。だけど、お前は従わなかった。正直、メニルとの婚約をだめにしただけなら、こんなことまではしなかった。親友の子どもだしね」

おじさんは申し訳なさそうな顔をする。

やだ、やだよ……

「カイル。何故《なぜ》、メニルを悪役令嬢に仕立てたんだ？　素直に解消を頼めば良かったのに。多少の小言や嫌味を言うことはあっても、拒絶などしなかった」

周りの視線が痛い。容赦《ようしゃ》なく突き刺さる冷たい眼差《まなざ》し。

「兄さん、助けて！　僕は弟だろう」

その眼差《まなざ》しに耐えられず、兄さんに助けを求める。

だが、兄さんは顔を顰《しか》めて僕に言った。

「自業自得だろう。父上たちに甘やかされて、自分の行いを省《かえり》みもしない。救いようもない愚か者。そんなお前と縁が切れてせいせいしている」

そんな……

何も言えないでいる僕に、おじさんが続ける。

「どうだ？　噂に晒《さら》される気分は」

「学園の噂はおじさんが……？」

「そうだよ。けれどお前が流したものと違ってほぼ事実だったろう？　メニルは言われのない中傷をずっと受けていたんだ。分かるかい？」

「謝ればいいんだろ！　謝るから許してくれ!!

もう、嫌だ！　謝るから許してくれ!!」

そう言うと、おじさんは呆《あき》れたようだった。

「謝罪で許される時期はもう終わってる。実を言えば、私が一番腹を立てているのは噂なんだ。何も考えずに知りもしない人の悪口を言う者、それに踊らされる者。そういうのが、一番腹立たしい。噂一つで誰かの人生を変えることもある。だから、無責任に悪役令嬢の噂を広めた者、利用した者に相応の報《むく》いを受けてもらっているんだ」

目の端に、視線を下げた者が数多く映る。

それで、マリーへの虐《いじ》めが減った理由が分かった。きっと、彼らは僕が吐《つ》いた嘘を利用していたのだ。

そして、マリーの父親や兄さんの噂が学園内に出回らなかった理由にも見当がついた。

噂が回れば、マリーはすぐにでも社会的に破滅しただろう。それを、わざと握り潰していた。

噂の怖さを理解させるために——

「そこのお嬢さんも、彼と同じだよ」

おじさんはマリーに向けて言う。

「わ、私も？」

彼女は不思議そうに首を傾けた。

「彼の話を鵜呑《うの》みにして考えもしないとは、呆《あき》れたよ。生《お》い立《た》ちを聞くと納得できる部分もあるが、それでも同情はできないね」

「……私は何も聞いてなかったのよ」

「いつでも調べられただろう。誰かに聞くことも。知ろうとすれば良かったんだ」

「でも、でもっ!!」

マリーが首を幾度も横に振る。いや、いやと、身体で拒否を示していた。

「それにしても、学園の卒業式という晴れの日にまで自分の感情を優先して騒ぎを起こすとは、愚かだ」

おじさんが静かに言う。

僕の目から涙が溢《あふ》れた。

怖くて、悔しくて、苦しくて。

「まずは、お嬢さんは成績が五位より下だったんだよな。なら、約束通り学費を返してもらおう」

「わざとじゃないわ。調子が悪くて」

「だめだよ。君の後援者はアゼラン商会なんだ。返せないなら、君にぴったりな働き口がある。スフィアニア国だ。最近、かの国の貴族は揃って色白の男性や女性を囲ってるんだよ。彼らは自分の囲った人間がいかに優秀かアピールするらしい。お嬢さんは知識だけはありそうだから、もってこいだよ。まぁ、その知識が半端だったり、ご主人を誘惑したりすれば痛いお仕置きがあるだろうけど、ね」

そんな……マリーがそんな生活を？

「私が？」

いや、それより、僕は、僕はどうなる？

あっ、えっと……、そうだ！

「お、おじさんは、僕の卒業まで面倒を見てくれたよね。僕に期待してたんじゃないの？」

すると、おじさんは訳が分からないと言うように首を傾《かし》げた。

「期待？　何を言ってる？　するわけないだろう？　お前には学歴をつけてほしかっただけだよ。中退と卒業とでは、給料に差が出るもんだ。信用にも関わる。だから、卒業まで待ったんだ。私はそんなものがなくても真面目に頑張れば評価をするが、世の中、私みたいな人間ばかりじゃないからね。まぁ、お前の背負った借金は半端ないから、少しでも稼いでもらわないと。お前には、ユニラース国行きが待ってるよ」

ユニラース国。

少し前に聞いたことがある。

あれは――

「嫌だ！　魔物狩りなんてやりたくない。騎士、騎士になるから許して!!」

「おっ、ユニラース国を知ってるのか。騎士団には断られたんだろう。ちょうどいいじゃないか、ユニラース国の仕事も立派な騎士の仕事の一つだ」

「嫌だ‼　じっ、じゃあ、せめて経営、いや、経理でもいい。元々、その勉強をしていたんだ、やれる‼」

「横領《おうりょう》していた奴に任せる店があるわけがないだろう！」

「それはあんたが仕組んだんだろ‼」

「お前が横領《おうりょう》すると分かっていたら、店を手伝わせたりしなかった‼」

「カイル。ユニラース国にはお父様がいるから大丈夫よ」

そこにマリーが口を挟む。

何、言ってやがる‼

「ユニラース国に行くのは、死にに行くのと同じだ‼　危険なところなんだよ‼　魔物は怖いんだ。生死に関わるほど危険なんだ！　生命をかけてまで戦いたくない！」

僕が叫ぶと、マリーの顔色がみるみる変わった。

やはり彼女は知らなかったのか？　魔物をなんだと思っていたんだ？

「大丈夫だ。あそこの福利厚生は良い。聖者もいて、怪我をしても手当てをしてくれる。すぐに死んでしまったら、金の回収ができない。きつくても死ぬようなことはないはずだ。危険手当もきちんと出るよ。最前線だからな。それに、うん。カイル君は綺麗だ」

「はあ……？」

「女っけのない場所だから、お前みたいな綺麗な男は重宝《ちょうほう》されるぞ」

ぞわっ……

おじさんの言葉の意味が分かり、鳥肌が立つ。

嫌だ!!

僕は藁《わら》にも縋《すが》る思いで、メニーを見る。

元とはいえ、婚約者だった。いや、僕たちは幼馴染《おさななじみ》だろう。

だから……

見捨てないでくれよ。

「メニー、助けてくれ……」

◇　◇　◇

お父様に追い詰《つ》められたカイル様は、わたしに手を伸ばしてきた。

悲しそうな眼差《まなざ》しで助けを求めている。

可哀想。

でも、同情してはいけない。

「どうしてわたしが助けないといけないの?」

「幼馴染《おさななじみ》だろう。謝る。今までのことを謝るから。助けてくれ」

「できません。わたしが苦しんでいる時、あなたは笑っていました」

カイル様はわたしに気づかなかった。

わたしの存在などあろうがなかろうが自分には何一つ関係ないと、心を踏《ふ》み躙《にじ》った。

それを慰《なぐさ》めてくれたのは、ラフィシア。

救ってくれたのは、アルセス。

「ずっと、僕を追ってきてただろう。僕が好きだから！　なら、救ってくれよ」

何言ってるの？

収まっていた怒りが再加熱する。

わたしは思わず手を上げた。

パシッ!!

勢い良くその頬を平手打ちする。

彼の頬が真っ赤になり、わたしの手も痛い。じんじんする。

これで終わりにしよう。

「確かに、わたしがあなたを追っていたこともあります。でも、今は違います。あなたを監視していただけ。何をしでかすか分からなかったから。わたしはあなたに真剣に謝ってほしかった。自分のしたことの意味をきちんと考えてほしかった」

わたしはカイル様に返すつもりで持ってきたネックレスを箱から出すと、彼に差し出す。

それは、伸ばしていたカイル様の手には届かず、落ちた。

かしゃりと音がする。

床に落ちた拍子に青い石が割れ、ただのガラス片になった。

あなたがくれたネックレス。

紛《まが》い物《もの》の象徴。

これで良かったのかもしれない。

「メニー……」

微笑《ほほえ》むわたしに、カイル様は当惑する。

何故《なぜ》、そんな顔をするの？

あなたが招いた結果でしかないのに。

これが、わたしのケジメ。

もう、戻ることはない。

「さよなら、カイル様。あなたの姿を追うことはもうありませんわ」


わたしはアルセスと会場を出た。

彼はわたしの手を握りしめてくれる。

その手は温かかった。

エピローグ

春。

万を持して行われた王太子殿下の挙式は素晴らしかった。

わたしがデザインした装飾はクラレス様のドレスによく映え、輝いている。

わたしはアルセスと特別席でそれを観覧した。

いくつか空いた貴族席が、虚《むな》しい。

それを見たお父様はしょげていた。

やりすぎたかも……と。

本来、お父様は優しい方だ。商会のトップとして、侮《あなど》られないよう振る舞っているにすぎない。

誰もが失敗はするもの。

でも、失敗したからこそ、そこから目を背《そむ》けず次は気を付けなければならない。

お父様は彼らに対しても、問題を理解させ改善に努めるよう促《うなが》した。なのに皆さん、子どものしたことだからと、親の責任から逃れ、子に罪を押しつけようとしたのだ。

国を率いる貴族がそれでは困る。

だから、致し方ないこと。

マリー様はスフィアニア国へ行った。

彼女を引き取った中年のご夫婦からお礼状を受け取っている。どうも性に合っているようで、彼女は主人に褒めてもらいたくて必死に頑張っていると書いてあった。

そして、カイル様はユニラース国へ送られた。

噂ではマリー様のお父君に会って一悶着《ひともんちゃく》あったとか……。マリー様のお兄様も裁判が終わり、ユニラース国の別の場所に向かった。

どんなことになっているかは、聞いていない。知っても意味はないから。

そんなことより、今は結婚式だ。美しいお二人が笑顔で手を振っている。幸せそうだ。

色とりどりのフラワーシャワーが舞う。

そしてわたしは明日、帝国に向かう予定だ。

新しい生活が待っている。楽しみでわくわくしていた。

アルセスを見て、微笑《ほほえ》む。

彼も微笑《ほほえ》んでくれた。

手を繋ぐ。

その手の温もりは幸せの証《あかし》。

――わたし、幸せになります。

番外編　二人の母の話

私は、自由に生きたい。

無限に広がる青い空。未来を感じる海。

燦々《さんさん》と輝く太陽。

美しい国に生まれて、私は幸せだった。


私——エルマ・サセルシャスは海に出て、一年の半分以上を陸《おか》から離れて暮らしている。

私は海で生きたくて、公爵位を弟に譲っていた。それについて、父は文句を言わない。

沢山の人に会う中で、女であることで侮《あなど》られることはしょっちゅうある。でも、それを決めたのは自分なのだ。後悔はしていない。

そんな私にも伯爵の位を持つ恋人がいた。

国に帰るとその恋人に会う。

もちろん、そういう行為にも及んだ。

正直に言えば、行為自体は苦手だ。

そんなある日。父から呼び出された私は、仕事を切り上げて国に戻った。

用事を終え恋人の家に行くと、彼は他の女性を抱いている。私に対する不満を言いながら。

哀しみを堪《こら》えて笑いながら、私はその場に乗り込んだ。

彼は長い間会えず寂しかったから他の女を抱いたのだと言った。

私のことを理解してくれていると思っていた。

急速に気持ちが冷める。

彼が求めているものを、私は与えられない。

既《すで》に家族にも親族にも紹介していたが、私は彼を切り捨てた。彼は泣いて謝ったが、私の中では終わっていた。

お腹の中に命が芽生えているのに気付いたのは、だいぶ経ってのことだ。

すべてを忘れるように仕事をしていたため、不調を感じるのが遅くなったのだ。

エスタニア国の宗教では、堕胎をあまり良しとしない。特別な理由がない限り、許されなかった。

サセルシャス家の力を持ってすれば、特別な理由はでっちあげられる。

けれど、私は悩みつつも産んだ。

母親になることに不安はあったが、宿った命に罪はない。子どもと共に自分も成長すればいい。

生まれた息子は可愛かった。父も母も可愛がってくれる。

私が子どもを産んだという噂を知った元恋人が押しかけてきたが、両親が追い返した。

以来、姿を見ていない。

だが、最後にあいつは迷惑な噂を流した。

「エルマは男たちに交ざって海の上で生活している女。すぐに男に股を開くから、子どもは誰の子か分からない」

私の派手な容姿が、この話の信憑性《しんぴょうせい》を高めてしまう。

荒々しい海の男たちと生活していることも、噂に拍車をかけた。

周りは、見た目だけで人を判断する。

もっとも、私は噂を否定しなかった。

ここで騒ぎ立てても、面白がられるだけだ。言いたいなら言えばいい、そう思った。

私を理解してくれている人がいる。両親、弟、そして、セルアルディー様。

護《まも》る者もできた。

だから、大丈夫だ。


それにしても、慣れない子育ては大変だった。

不器用な私は、オムツ変えさえ上手《うま》くできない。

育児でヘトヘトになり、泣きそうだった。

メイドたちが協力してはくれる。

それでも、大変なのだ。

でも、子どもの寝顔を見ると幸せを感じた。子ども特有の高い体温に安らぐ。

私は船を降りようと考えていた。子育てと仕事の両立はできない。

だが、私にしかできない仕事が入る。

スフィアニア国の商会との貿易だ。流暢《りゅうちょう》にスフィアニア語を話せる人間が、私しかいなかったのだ。

泣く泣く、両親に子どもを託して海に出る。

やめようと思っていたのが嘘のように、仕事は楽しい。

罪悪感とやり甲斐《がい》の板ばさみになる。

どちらも取るのは卑怯《ひきょう》なのだろうか？

悩む私に、弟が仕事を優先してもいいと手伝いを申し出てくれた。

子育てなら、皆ですれば良い。私にしかできない仕事はあるのだ、と。

それに甘えた。

甘えてしまった。

その罪悪感から屋敷に帰ると、子どもに愛情を注いだ。


そんなある日。

スフィアニア国との貿易中に、ある男性と知り合った。

感じのいい青年だ。

公爵だった彼は私を自分の国に引き止め、プロポーズした。

だが、私には無理だ。海が私を呼んでいる。陸《おか》の上では生きていけない。

だから、一夜、「思い出」として過ごす。

次の日から会うことはなかった。

その後、彼が親の決めた相手と結婚したと風の噂で聞いた。私は彼の幸せを祈っている。

数ヶ月後。エスタニア国に帰った私の中には、新たな生命《いのち》があった。

馬鹿だったとは思う。

軽率だったとも。

何故《なぜ》、あんなことを……

「エルマ、命をなんだと思ってるの？」

セルアルディー様にも叱《しか》られた。

「こっちはあなたの噂を消そうとしてるのに、馬鹿なの？？」

それでも、私は産んだ。


バーランド国でも、私は愚かだった。

精神的に弱っていたのかもしれない。誰かに縋《すが》りつきたい気分だったのだ。

甘い言葉に惑《まど》わされ、とある男に数度だけ身体を許す。彼なら私を分かってくれる、そう思った。

だが、その男は私の地位を狙っていた。

酒場で女にそう話しているのを聞いてしまったのだ。

『エスタニアの炎をものにした。これで、俺も安泰だ‼』と。

私を見ていたのではない。私の後ろにあるサセルシャス家を見ていたのだ。

悔しかった。

私には、恋愛は無理だ。

男など信じない……

なのに、私は自分の女の仕組みを甘く見ていた。二人も子どもを産んだというのに……

何故《なぜ》、こうも少ない回数で当たるのだろう。

「きちんと、避妊しろ‼」

弟にもセルアルディー様にも怒られる。

「したよ。薬を飲んだ」

だが、質が悪かったのか、意味がなかったのだ。

「世話をする身にもなりなさい。あなたは母親よ！　自覚しなさい‼　育てないのは虐待と同じよ！」

だからといって、堕したくない。

私は、誓った。

もう、子どもは作らない。そんな行為も懲り懲りだと――

当然、私の噂はますます広がった。

「強い男を物色している女」

あることないことが囁《ささや》かれる。

それは陸地を這《は》い、海すら渡った。

笑うしかない。

だから私は、それを利用することにした。

私にどんな態度で接するのかを見るのだ。人の本質を見極めるにはちょうど良い。

どこへ行こうとも私は有名だった。

彼に出会ったのはそんな頃だ。

妻思いの男だった。口を開けば、妻の惚気《のろけ》ばかり語っている。

エスタニア国ではほぼ見かけない、一途《いちず》な男。

男運のない私には好ましく思えた。こんな男が恋人だったら良かったのに、と思ったのだ。

きっと、この男の妻は幸せに違いない。

だが、彼とプライベートで話すことはなかった。その程度の関係だ。

ところが、船乗りたちと明日からの仕事の打ち合わせをして飲食店から出たところで、彼が絡まれているのを見てしまう。

絡んでいるのは、あまり評判の良くない商会の人間だ。

私は見かねて男を助けた。

「こいつは私のだ」

そう言うと、彼はすんなりと解放された。
サセルシャス商会の権威と私の噂は、最強である。
私は男を泊まっている宿に届けた。
彼はひどく酔っていて、変に興奮している。
あいつらは男に薬を盛って女をあてがい、既成事実を作って脅す気でいたのだろう。
本当に私は馬鹿者だ。見過ごすことができず、苦しむ男を楽にしてやろうと……
翌朝、男は必死に謝った。
「私の噂は知ってるだろう。気にするな」
それだけ言って、私は急いで港に向かった。
そのまま船に乗って国外に出る。
避妊薬を飲むのは忘れていた。

双子が産まれた。
呆《あき》れ尽《つ》くす弟。
眉間《みけん》に皺《しわ》を寄せて、罵詈雑言《ばりぞうごん》の嵐だ。
それでも私は子どもたちと楽しく暮らした。
私は子どもたちが大好きだ。
この子たちの父親にその存在を知らせる気はない。私が勝手に産んだのだ。

自分勝手だが、そう思っていた。


そんな双子――レイザーとララがよちよち歩きを始めた頃、私は二人を船に乗せていた。

そこであの男に再会したのだ。

会う気などさらさらなかったのに。

隠そうとしたが、男は目ざとく二人に気づく。

私に男の家庭を壊す気などなかった。

だが、あの男は馬鹿正直に妻を呼び寄せる。

どうしてだ。どうして大事《おおごと》にする!!

男の妻は男が語っていた通り、ほんわかとした人だった。

その妻――アイリは眉を吊り上げ、私を罵《ののし》る。

当然だ。

だから、私は彼女たちに説明する。

「お前が責任を取ることはない、父親を必要としていない」「仕事ができて、妻を大事にしているお前に勝手に惚《ほ》れたんだ。優秀な子種を得たいと思うのは、女の本能だろう!」「この種ならもう一つ欲しいな」

口が勝手に動き、馬鹿な建前を並べる。

修羅場になろうとするその場に立ち会っていたセルアルディー様は、そんな私の頭を殴った。

「あなたは！　何故《なぜ》、そんなに馬鹿なの！　それだから、噂が一人歩きするんでしょう!!」

アイリは眉を寄せた。

「どういうことです？　きちんと話してもらえますか」

彼女の目は据《す》わっている。

女性を怖いと思ったのは初めてだ。

私は正座で洗いざらい話すことになった。

説明を聞き終わったアイリが深く息を吐く。

「――じゃあ、この馬鹿が悪いんじゃないの！　変なのに捕まって薬を盛られた？　しかも、この場合、襲ったのはあの馬鹿じゃないの!!　なんで、わざわざ？」

「薬を盛られたなんて話が出ると商売の信用に関わるし……。男にはメンツがあるだろう。その点、私は既《すで》に地を這《は》った噂しかないんだ。今更何を言われてもどうでも……」

「そんなくだらないメンツ、海に流せばいいわよ。あなた、もっと自分を大事にしなさいっ!!」

コッテリと叱《しか》られた。

「あなた、あの人に恋愛感情はないの？」

「分からない。あなたたちを羨《うらや》ましいとは思っている……」

パコンッ。

再び、セルアルディー様に殴られた。

「せめて噂を否定しなさい。肯定しないの。あなたは男が運なくて恋愛下手なのよ！　なのに、男を見るとついていくだの、股を開くだの言われて！　私がどんな気持ちか分かってるの？　否定しなさい。子どもたちも噂を信じてるのよ！」

そうは言っても、どうしようもないだろう。既《すで》に手遅れじゃないか。

不覚にも、私は泣いてしまった。

「あなたはこの馬鹿よりも馬鹿ね。噂と全く違うじゃない！　はい、しっかり泣きなさい。私より先輩お母さんでしょう」

アイリは今までの男たちの話も聞いてくれた。

「そんな男たちと別れて良かったのよ」

そう言ってくれる。

私たちは親友になった。

「正直モヤモヤはするわよ。許せないわ！　でも、ずっと恨むことはできない！　あなたがそこらへんにいる女みたいに、自慢気に鼻で笑うようならコテンパンにしたわ。潰して社会的に抹殺するのに。なのに、もう、なんなの！」

そして、家族ぐるみで仲良くなる。

あの男は……正直、アイリがいてこそ輝いているのだ。

私は彼よりアイリといることが多くなった。

数年して、アイリが初めて私のもとに一人で訪ねてきた。

「エルマ。お願い。あの人の子どもを産んで」

アイリは真っ青な顔でそう言う。

「何、言ってるんだ？」

アイリがそんなことを言うなど、信じられなかった。

「アイリ。どうした？」

彼女が唇を噛んでいる。

「私が出資している、医療チームがあるの知ってるでしょう。子どもができにくい人のための……不妊女性のためのチームなの」

知っている。アイリは医療《そちら》の向上に力を入れている。

私の馬鹿な行為がもう起こらないよう、良品の避妊薬も開発してくれた。

性にオープンなエスタニア国は、実は避妊薬の質が悪く、効きがいまいち。よく効くものは身体に悪かった。

アイリのおかげで、質の良いものが手に入り、感謝している。

そんなアイリの言葉。

「まだ実験段階なの。できるなら、私が試したかった。でも、無理なの。あなたしか頼める人がいなくて……」

「アイリ。でも……」

「エルマ、言ったじゃないの。あの種なら欲しいって！」

「あれは、その……」

「私は無理なの。マトリックを産んだ後、出血が酷《ひど》くて……」

「分かった。分かったからそれ以上言うな」

言わなくていい。

私はこうしてメニルを産んだ。


不妊治療としての、人工的な妊娠。

あるがままを謳《うた》うエスタニア国の神の教えに背《そむ》くことになろうが、構わなかった。アイリのためなら。

◇　◇　◇

アイリはメニルを可愛がった。

私が抱くと、頭が安定しないせいか、メニルはむずかる。どうしても上手《うま》くいかず、アイリに嫉《しっ》妬《と》した。

よく話し合った結果、メニルはアイリが育てることになる。

正直、手放したくはなかった。

でも、アイリがメニルを愛《いと》おしく思っているのが分かり決心する。

だから約束をした。

ローゼルク国では、私が母親であると言わないでおこうと。

噂は噂を呼ぶ。メニルが可哀想だ。私から産まれたことを非難されるかもしれない。

十六歳になりエスタニア国の文化で大人と認められれば、後ろ盾がものを言う。

それまでは……、護《まも》らねば。

子どもたちにも、私の噂を否定するつもりはなかった。

どんなに否定しようと、私を見てくれない者が理解することはないと知っているから。どうせ、噂を消すことなどできない。

メニルは私の噂を信じている。

セルアルディー様には何度も怒られた。

「自分の子どもには事実を伝えなさい！」

だから、夏の短い期間だけ親子ごっこをする。

それでいい。こんな母親より、アイリを慕《した》えばいい。

他の子は傍《そば》でずっと私を見ていたから、いつの間にか理解してくれたようだった。

自ら父親については調べたらしい。どうケリをつけるかは、本人に任せた。

あと少しでメニルが十六歳になろうという時、アイリから婚約破棄の話がもたらされた。

「悪役令嬢」の噂についても。

メニルは大変な我慢を強《し》いられたそうだ。
ふつふつと怒りが湧く。
私は噂の恐ろしさを身を以《もっ》て知っている。
噂だけで人の人生は変わるのだ。
消しても消しても生まれる悪意。
誰もが私のように強くはない。
私はカイル・ローゼンを貶《おとし》める計画を立てた。
じわじわと追い込み、孤立させる。
噂の怖さを知ってもらうために。
あの男とアイリにも協力してもらう。
大人げないと言われても構わない。
自分の子どもを護《まも》って、何が悪い。
だが、そんな私の噂を信じていたことについて、メニルは結婚後、謝ってきた。
結婚式の際、兄弟が集まり、その時に私について教えてもらったらしい。
メニルは泣いていた。
謝ることはない。私の責任だ。
身勝手に子どもを産み、子育てを人任せにした、報《むく》いなのだ。
でも、子どもたちは言ってくれる。

「母さんを信じている」

嬉しい。

子ども《あなた》たちに出会えたことを、感謝した。

子どもを産んだことを、私は後悔していない。

◇　◇　◇

「アイリ。そろそろ商会はララに譲って、私は船を降りようと思う」

私がそう言うと、アイリは東方から仕入れた珍しいお茶を淹《い》れる手を止めた。

久々の二人だけの茶会。

「降りて、どうするの？」

「普通に暮らそうかと……」

「できるの？」

「分からない」

「エルマ。正直に吐きなさい」

「……船員の一人に口説《くど》かれた」

「バビロさん？」

「何故《なぜ》、知ってる？？」

「相談されたの。エルマの好きな花を聞かれて、花言葉を教えたわ」

私は机に突っ伏す。

先日、バビロからアネモネの花を貰《もら》った。無骨者が可愛い花を持ってくるから、何事かと思ったものだ。

「エルマはどう思ってるの？　彼、確かあなたより十歳年上よね。奥さんを病気で亡くされて、お子さんはもう結婚して家を出てるそうね」

詳しい。

「分からない……」

正直言えば、自分の気持ちが分からなかった。こんな私でいいのか、疑問にも思う。

「でも安心はできる……。嫌じゃない。落ち着く」

「彼と生きたい？」

「……うん」

「それでいいんじゃない、お似合いよ」

アイリが私の髪を撫《な》でる。

「噂の火消しをしましょうか」

「できるかな？」

「してみましょう」

「幸せになれるかな？」

「なれるわよ」

「アイリ。ずっと友達でいてくれる？」

「勿論《もちろん》」

「アイリ」

「何？」

「ありがとう」

アイリは笑った。

「お礼は先よ。エルマ。これから忙しくなるわ。メニルも、ラフィちゃん、メニエルちゃんとこも赤ちゃんが生まれるの！　一緒に祝いに行かないと」

「そうだな」

「わたしたちの人生はまだまだこれからよ」

二人で顔を見合わせて笑い合った。

新＊感＊覚ファンタジー！

Regina レジーナブックス

レジーナブックス Regina

〝過保護〟はご遠慮下さい！

ほっといて下さい 1～7

従魔とチートライフ楽しみたい！

三園七詩《みそのななし》

イラスト：あめや

目が覚めると、見知らぬ森にいたミヅキ。事故で命を落としたはずだが、どうやら転生したらしい……それも幼女に。困り果てるミヅキだけれど、無自覚チート発揮で異世界ライフは順調に進行中。伝説級の魔獣フェンリル、敏腕A級冒険者、策士な副ギルドマスターに、寡黙な忍者と次々に味方……もとい信奉者を増やしていき——愛され幼女のWEB発大人気ファンタジー！

詳しくは公式サイトにてご確認ください。

https://www.regina-books.com/

携帯サイトはこちらから！

この作品に対する皆様のご意見・ご感想をお待ちしております。
おハガキ・お手紙は以下の宛先にお送りください。

【宛先】
〒150-6008 東京都渋谷区恵比寿4-20-3 恵比寿ガーデンプレイスタワー8F
（株）アルファポリス　書籍感想係

メールフォームでのご意見・ご感想は右のＱＲコードから、
あるいは以下のワードで検索をかけてください。

アルファポリス　書籍の感想　検索

ご感想はこちらから

本書は、「アルファポリス」（https://www.alphapolis.co.jp/）に掲載されていたものを、
改稿、加筆のうえ、書籍化したものです。

あなたの姿《すがた》をもう追《お》う事《こと》はありません

彩華（あやはな）

2023年 11月 5日初版発行

編集－黒倉あゆ子
編集長－倉持真理
発行者－梶本雄介
発行所－株式会社アルファポリス
〒150-6008 東京都渋谷区恵比寿4-20-3 恵比寿ガーデンプレイスタワー8F
TEL 03-6277-1601（営業） 03-6277-1602（編集）
URL https://www.alphapolis.co.jp/
発売元－株式会社星雲社（共同出版社・流通責任出版社）
〒112-0005 東京都文京区水道1-3-30
TEL 03-3868-3275
装丁・本文イラスト－ありおか
装丁デザイン－しおざわりな（ムシカゴグラフィクス）
（レーベルフォーマットデザイン—ansyyqdesign）
印刷－中央精版印刷株式会社

価格はカバーに表示されてあります。
落丁乱丁の場合はアルファポリスまでご連絡ください。
送料は小社負担でお取り替えします。

ISBN978-4-434-32835-0 C0093